# ٹوٹے پنکھ

(ناول)

گلشن نندہ

**Toote Pankh** *(Novel)*

by: Gulshan Nanda

Edition: June '2025

Publisher :

*Taemeer Publications LLC* (Michigan, USA / Hyderabad, India)

ISBN 978-93-6908-915-4



| | | |
|---|---|---|
| کتاب | : | **ٹوٹے پنکھ** (ناول) |
| مصنف | : | **گلشن نندہ** |
| صنف | : | فکشن |
| ناشر | : | تعمیر پبلی کیشنز (حیدرآباد، انڈیا) |
| سالِ اشاعت | : | ۲۰۲۵ء |
| صفحات | : | ۱۶۴ |
| سرورق ڈیزائن | : | تعمیر ویب ڈیزائن |

# باب (۱)

اڑان سے پہلے جیسے ہی ہوائی جہاز نے اپنے پر پھیلائے اور اپنے پہیوں کو ایک پرندے کی مانند سکوڑ کر اپنے دامن میں لپیٹ لیا۔ تو آرتی کے لبوں پر ایک مسکراہٹ پھیل کر رہ گئی۔ اس نے ہوائی جہاز کے بند دریچوں میں سے جھانک کر باہر کھڑے ان لوگوں کو دیکھا جو ابھی تک ایروڈرام پر کھڑے اپنے ہاتھ لہرا کر مسافروں کو الوداع کہہ رہے تھے۔

جہاز آہستہ آہستہ زمین چھوڑ آسمان کی جانب اڑنے لگا اور آرتی دریچے میں سے جھانک کر سوئٹزرلینڈ کی ان خوبصورت وادیوں کا جائزہ لینے لگی جنہیں اس نے کئی بار دیکھا تھا۔ دلکش اور خوبصورت مناظر ——— برفیلی چوٹیاں ——— چاندی کی سی بہتی شفاف ندیاں ——— سربفلک عمارتیں ——— سرسبز پیڑوں کے جھنڈ ——— باغات کے حسین ٹکڑے اور وادیوں میں چھپی گہری اور خوبصورت جھیلیں ایک ایک کر کے سب اس کی آنکھوں کے سامنے سے گزرتی جا رہی تھیں لیکن اسے یہ سب کچھ عجوبہ سا نہ لگ رہا تھا۔ اس لئے کہ اس کے دماغی پردوں پر

یہ نقوش مدت سے کھچے ہوئے تھے۔ صرف ان کی یاد اسے سرسری سکون دے رہی تھی۔

آرتی ایرانڈیا انٹرنیشنل (AIR INDIA INTER NATIONAL) میں ایئر ہوسٹیس تھی۔ اور اسے کمپنی کے جہاز کے ساتھ اکثر بیرونی ممالک کو آنا پڑتا تھا۔ آج بھی وہ اسی سلسلے میں اپنی ڈیوٹی پر تھی۔ وہ خوش تھی۔ کیونکہ آج جہاز کا رخ ہندوستان کی جانب تھا اور اب سے ٹھیک ۱۲ گھنٹے بعد اسے دلی پہنچ جانا تھا

دریچے سے نگاہیں ہٹا کر اس نے جہاز کے اندرونی حصے کو دیکھا اور اس میں بیٹھے ہوئے ان مسافروں کے چہروں کا جائزہ لیا۔ جن میں اکثر صورتیں جانی پہچانی تھیں۔ اچانک آرتی کی نگاہ اس میں بیٹھے دو بچوں پر پڑی۔ جو اس جہاز میں اکیلے سفر کر رہے تھے۔ یہ دونوں بہن بھائی تھے۔ لڑکی کی عمر اندازاً دس برس اور لڑکا آٹھ برس کا۔ جو سوئٹزرلینڈ کے ایک سکول میں تعلیم پاتے تھے۔ ان کے سکول کی میٹرن نے انہیں اس کے سپرد کرتے ہوئے خاص طور پر دیکھ بھال کی تاکید کر دی تھی۔ وہ سالانہ رخصتوں پر ہندوستان جا رہے تھے۔

اچانک آرتی کے دماغ میں یہ سوال اٹھا۔ ماں باپ بچوں کو اپنے سے اتنا دور کیوں بھجوا دیتے ہیں؟ کیا وہ لوگ اپنے جگر کے ٹکڑوں کے بغیر آرام سے رہ سکتے ہوں گے؟ یا محض ان کی امارت انہیں یہ قدم اٹھانے پر مجبور کر دیتی ہے۔ گو بیرونی ممالک کو اس نے اچھی طرح دیکھا تھا۔ اور وہاں کی اچھی تعلیم کی گرویدہ تھی لیکن وہ اس بات کی حامی نہ تھی کہ اس کے اپنے ملک کی تعلیم اتنی ناقص ہے کہ بچوں کو اس چھوٹی سی عمر میں ہی اتنا دور بھجوا دیا جائے۔ وہ بخوبی جانتی تھی کہ یہ امیروں کے چونچلے ہیں۔ ضرورت نہیں۔ ان بچوں کے والدین بھی کوئی امارت کے ٹھیکیدار رہے ہوں گے۔

جہاز اب کافی بلندی پر اڑ رہا تھا۔ آرتی دماغی تصورات کے تانے بانے میں ان دو معصوم صورتوں کو دیکھتی جا رہی تھی۔ اچانک وہ لڑکی کو قے کرتے دیکھ کر اس کی جانب بھاگی اور لپک کر اسے سنبھال لیا۔ نیپکن سے اس کا منہ صاف کیا اور جیب میں سے ایک گولی نکال کر اسے دیتے ہوئے بولی۔

"یہ لو ــــ زبان پر رکھ لو۔"

لڑکی نے گردن اٹھا کر آرتی کو دیکھا۔ اور مسکرا دی۔ اور پھر آرتی کے ہاتھوں سے وہ گولی لے کر زبان پر رکھ لی۔

"ایک مجھے بھی دو دیدی"

آرتی نے چونک کر برابر بیٹھے لڑکے کو دیکھا۔ اور ایک گولی اسے بھی دے دی مسکرا دیا۔

"کیا نام ہے تمہارا؟"

"انل"

"اور تمہارا؟"

"انیتا"

"جب بھی ایر کا سفر کرتی ہے۔ قے کر دیتی ہے" ــــ انل نے بہن کو دیکھ کر آرتی سے کہا۔

"تو کیا ہوا؟" ــــ آرتی نے مسکراتے ہوئے دونوں کو جواب دیا۔ اور ان کے پاس ہی بیٹھ گئی۔

"کس سکول میں پڑھتے ہو؟" ــــ آرتی نے اچانک سوال کیا۔

"کانونیٹ آف جیسز اینڈ میری (CONVENT OF JESUS AND MARY" انل بولا۔

"کب سے؟"

"تین برس سے"

"ہر برس اکیلے آتے ہو کیا؟"

"ہوں۔ ایک بار ڈیڈی بھی آئے تھے۔"

"کہاں ہیں۔ تمہارے ڈیڈی؟"

"دلی میں"

"اب کیا وہ نہیں آئے؟"

"اوں ہوں۔ وہ بہت BUSY ہیں۔ دن رات بزنس۔ بزنس۔" انیتا بولی۔

"اوہ ___ سمجھی ___ تبھی تم لوگوں کو اتنی دُور بھیجا ہے۔ پڑھنے"

"ہاں ___ آپ بھی دلی میں رہتی ہیں؟" ___ انل نے سوال کیا۔

"ہوں"

"تب تو آپ ہمارے ڈیڈی کو ضرور جانتی ہونگی۔" ___ انیتا بولی۔

"نہیں اتنے بڑے شہر میں ایک دوسرے کو جاننا بہت مشکل ہے۔"

"ہمارے ڈیڈی بہت اچھے ہیں۔ تم دیکھو گی انہیں۔"

آرتی خاموشی سے ان کی بھولی بھالی باتوں پر مسکرانے لگی۔ اس سے پہلے کہ وہ کچھ کہیں۔ اس نے اثبات میں اپنی گردن ہلا دی۔ انل نے پھرتی سے کنارے رکھا ہوا بیگ نکالا۔ اور جھٹ اس میں سے ایک فوٹو نکال کر آرتی کے سامنے رکھ دی۔ جو غالباً بچوں کے باپ کی تھی۔ ایک خوبصورت خوشنما لباس میں ملبوس نوجوان کی تصویر ___ جو اس کے تصور سے مختلف تھا۔ آرتی نے ایک نظر اس تصویر پر ڈالی اور کنکھیوں سے انل کی چمکتی ہوئی۔

آنکھوں میں دیکھنے لگی۔ اور کہہ اٹھی۔

"یہ ہیں تمہارے ڈیڈی؟"

"جی!" ——— انل بولا ——— "اچھے ہیں نا؟"

"تمہارے ڈیڈی اور اچھے نہ ہوں۔"

دونوں بچے اس کے منہ سے یہ بات سن کر مسکرانے لگے۔

"ماں کی تصویر کہاں ہے؟" ——— آرتی نے یکایک پوچھا۔ دونوں سنجیدہ ہو گئے۔ آرتی نے غور سے ان کے مرجھائے ہوئے چہرے کو دیکھا۔ انل اور انیتا نے نظریں ہٹا کر ایک دوسرے کو دیکھا۔ وہ سمجھ گئی۔ اور بات بدلتے بولی۔

"کتنے عرصے کی چھٹیاں ہیں تمہیں؟"

"تین مہینے کی" ۔ انیتا بولی ۔ اور وہ لمحہ رُک کر پھر کہنے لگی۔ "ڈیڈی کہتے ہیں۔ ہماری ماں مر گئی ہے۔"

آرتی کا اندازہ ٹھیک تھا۔ اس نے بچوں سے زیادہ پوچھ تاچھ کرنا مناسب نہ سمجھا۔ اور انھیں آرام سے سیٹوں پر بٹھلا کر اپنے کام میں مصروف ہو گئی۔

وہ دوسرے مسافروں کی مانگیں پوری کرتی رہی لیکن اس کا دھیان لگاتار انہیں بچوں کی طرف لگا ہوا تھا۔ بار بار وہ ان کے قریب آجاتی۔ باتوں ہی باتوں میں بچوں نے اسے اپنے سکول ۔ گھر اور دوسرے ماحول کی کئی باتیں بتلائیں اور چند گھنٹوں کے بعد آرتی کو یوں محسوس ہوا جیسے وہ ان بچوں کو مدت سے جانتی ہو۔ اس کے دل میں دونوں نے جگہ بنائی تھی اور وہ تمام راستہ انہیں کی دیوانی بنی رہی۔

عورت چاہے نادان ہو ——— جوان ہو یا بوڑھی ۔ بچے کو دیکھ کر اس میں

چھپی ہوئی اس کی ممتا جاگ اُٹھتی ہے۔ آرتی کے من میں بھی کچھ ایسا ہی ولولہ جاگتا ہوا محسوس ہو رہا تھا۔ اس کی عمر اب ۲۰ برس کی تھی۔ وہ ایک خوبصورت تعلیم یافتہ اور باسلیقہ لڑکی تھی۔ اس دنیا میں تنہا —— ایک بیوہ بوڑھی ماں کے سوا اس کا کوئی نہ تھا۔ ماں نے بڑی مشکلوں سے اُسے تعلیم دلوائی تھی۔ بے سہارا اور غریب لڑکی جب دنیا کے مسائل کو سمجھنے لگی۔ تو اس نے اپنے دل میں اس بات کا فیصلہ کر لیا تھا۔ کہ وہ کوئی اچھی نوکری کر لے گی قسمت نے اس کا ساتھ دیا۔ وہ ایر انڈیا انٹرنیشنل میں ہوسٹس چنی گئی اور اپنی بوڑھی ماں کے بڑھاپے کا سہارا بنی۔ دو سال ہی کے عرصے میں اس نے کافی دنیا دیکھ لی تھی۔ بچوں کو دیکھ کر اس کا اپنا من بھر آیا۔ اُسے اپنی ماں یاد آگئی۔ جو دن رات اس کے بیاہ کا چرچا لئے بیٹھی رہتی۔ لیکن آرتی ماں کی بات کو ہمیشہ کاٹ دیتی۔ وہ جانتی تھی۔ اگر اس نے بیاہ کر لیا تو ماں کا سہارا ٹوٹ جائے گا۔ یہ نوکری اسے مجبوراً چھوڑ دینی پڑے گی۔ اور وہ غیروں کی محتاج ہو جائے گی۔ لیکن کبھی کبھی وہ تنہا بیٹھی اپنے مستقبل کی بابت سوچتی تو وہ اس خلا کا احساس کرتی۔ جس کے پورا نہ ہونے پر زندگی ایک کٹی ہوئی پتنگ کی طرح لگتی ہے جو نیلے کی چیزوں میں بغیر کسی ڈور کے بڑھی جا رہی ہے اور منزل کا کوئی پتہ نہیں۔ اس زندگی میں کئی لوگوں سے واسطہ پڑتا۔ کبھی کبھی تو وہ انہیں مسافروں میں سے اپنے جیون ساتھی کی تلاش کا سوچنے لگتی اور دل ہی دل میں اس کا تصور کھینچنے لگتی۔ لیکن وہ ضبط کر کے رہ جاتی اور اپنے آپ کو کام میں غرق کر لیتی۔

نہ جانے وہ کیا سوچتی ہوئی جانے لگی۔ بچوں کی آنکھ لگ چکی تھی اس نے لپک کر دونوں کو کمبل سے ڈھانپ دیا اور خود اپنی

جگہ پر آبیٹھی۔

ہوائی جہاز بلندیوں کو چھوتا ہوا اپنی منــــزل کی جانب اُڑتا جا رہا تھا۔

# باب (۲)

آرتی جب کسٹم روم سے فارغ ہو کر باہر آئی۔ تو ابھی تک انل اور انیتا ڈنگ ہال میں بیٹھے اپنے ڈیڈی کا انتظار کر رہے تھے۔ آرتی تیزی سے ان کے قریب پہنچی اور یہ جان کر کہ ان کے ڈیڈی ابھی تک نہیں آئے۔ حیران ہوئی اور کاؤنٹر پر جا کر آفیسر انچارج سے بولی۔

"اب ان بچوں کا کیا ہوگا؟"

"آدھ گھنٹہ انتظار پر بھی اگر مسٹر بھارت نہ آئے تو ہم انہیں سٹاف کار میں گھر بھجوا دیں گے۔"

"گھر پر ٹیلیفون کیا ہوگا؟"

"یس" ——— نوکر نے جواب دیا۔ "صاحب کو گھر سے گئے دو گھنٹے ہو چکے"

"اوہ!" ——— کچھ سوچ کر ——— "آپ ایسا کیوں نہیں کرتے۔"

"کیا؟"

"ان کو میرے ساتھ بھجوا دیجئے۔ گھر جانے سے پہلے انہیں اتارتی جاؤنگی"

"AS YOU LIKE ۔سٹاف کار تو جا رہی ہے۔ لیجیئے ان کا پتہ۔"
آرتی نے تیزی سے پتہ نوٹ کیا۔ اور ان بچوں کے قریب آگئی۔ بچے آرتی کے گرد ہو گئے۔ اور ڈیڈی کا پوچھنے لگے۔ آرتی نے انہیں بتلایا کہ وہ انہیں خود چھوڑنے جا رہی ہے۔ دونوں خوش ہو گئے۔
آرتی کی سٹاف کار جب بچوں کے پتا مسٹر بھارت کپور کے بنگلے پر رُکی تو آرتی نے ایک ہی نظر میں اس کی کوٹھی کے بیرونی حصّہ کا جائزہ لے لیا۔ کوٹھی دلی کی بہترین بستی میں تھی۔ اور اسے دیکھتے ہی مسٹر بھارت کی امارت اور ٹھاٹھ کا اندازہ لگایا جا سکتا تھا۔ آرتی کار سے اتر کر صدر دروازے تک گئی۔ اور ایک اجنبی انداز سے اس پر لگی ہوئی گھنٹی کو بجایا چند لمحے بعد ہی دروازہ کھلا۔ اور کپور صاحب کا نوکر باہر نکلا۔ وہ بچوں کو دیکھ کر دیوانہ وار ان کی جانب لپکا۔ بچے بھی کاکا — کاکا کہتے اس سے لپٹ گئے۔ جب بچوں نے ڈیڈی کے بارے میں پوچھا۔ تو وہ حیران ہو کر آرتی کے چہرے کو دیکھنے لگا۔ جسے وہ جلدی میں نہ دیکھ سکا تھا۔
"آپ کیا......"
"مَیں اسی ہوائی جہاز کی ہوسٹیس ہوں۔ جس میں یہ بچے آئے ہیں"۔ وہ نوکر کی بات کاٹتے ہوئے بولی۔ اور پھر رُکتے ہوئے اس نے پوچھا "مسٹر کپور کیا آ گئے؟"
"جی نہیں! وہ تو بہت دیر سے گئے ہوئے ہیں۔ کہہ رہے تھے۔ بچوں کو ساتھ لے کر ہی لوٹوں گا۔"
"تعجب ہے — بچے وہاں کتنی دیر بیٹھے انتظار کرتے رہے اور ان کا پتہ ہی نہیں!"

"ممکن ہے۔ کسی کام سے کہیں اٹک گئے ہوں۔ آپ اندر چلیئے۔"

"ہاں دیدی! ہمارا گھر نہ دیکھو گی" —— بچوں نے پیار سے کہا۔ آرتی کچھ سوچ کر ان کے ہمراہ اندر آ گئی۔ نوکر شمبھو نے کار سے بچوں کا اسباب اتارا اور ان کے پیچھے پیچھے اندر آ گیا۔

آرتی نے اندر قدم رکھتے ہی مکان کا جائزہ لینا شروع کر دیا۔ گول کمرے کی سج دھج دیکھ کر تو اسے یوں لگا جیسے وہ کسی راجہ مہاراجہ کے محل میں آ گھسی ہو۔ اس کی نظریں وہاں کی ٹیپ ٹاپ دیکھ کر یوں معلوم ہو رہا تھا جیسے مکان کوئی نمائش گاہ ہو۔ وہ جائزہ لیتے لیتے بچوں کے ساتھ تمام کوٹھی گھوم گئی۔ اور جب لوٹ کر اسی گول کمرے میں آئی تو صوفے پر چپ چاپ بیٹھ گئی۔ سامنے دیوار پر بھارت کی وہی تصویر لگی ہوئی تھی۔ جسے اس نے انل کے پاس دیکھا تھا۔ وہ ایک بار پھر اسے غور سے دیکھنے لگی۔ شمبھو قریب آیا تو وہ بے ساختہ پوچھ بیٹھی۔

"اتنے بڑے مکان میں کیا وہ اکیلے رہتے ہیں؟"

"جی" —— شمبھو نے چائے سامنے رکھتے ہوئے کہا۔

"اور کوئی بھی نہیں کیا؟"

"نہیں تو —— میں ہوں —— بھولا سینیئر —— ان کا کتا"

دونوں بچے بھی سامنے آ بیٹھے۔ اور گم سم آرتی کو دیکھنے لگے۔ آرتی ان کے لئے چائے بنانے لگی۔

"دیکھیں کیسا ہے ہمارا گھر؟" —— انل نے سوال کیا۔

"بہت سندر"

"ہمارے ڈیڈی سے ملو گی تو وہ اس سے بھی زیادہ سندر ہیں۔"

انیتا کی بات پر شمبھو کی ہنسی چھوٹ گئی۔ آرتی نے شرم سے گردن جھکا لی اور چائے بنانے لگی شمبھو باہر چلا گیا۔ تو آرتی نے بچوں سے کہا —— "میں اب جاؤں؟"

"نہیں دیدی! ڈیڈی ابھی آتے ہی ہوں گے۔"

"ان کا کیا بھروسہ —— وہ نہ آئیں"

ابھی الفاظ آرتی کی زبان سے نکلے ہی تھے کہ ٹیلیفون کی گھنٹی بجنے لگی آرتی نے رُخ پلٹ کر ٹیلیفون کو دیکھا۔ جسے شمبھو سن رہا تھا ٹیلیفون بھارت بابو کا تھا۔ جو ایروڈرام سے بول رہے تھے۔ شمبھو نے انہیں بتلایا کہ بچے گھر پر ٹھیک ٹھاک پہنچ گئے ہیں۔

یکایک آرتی جانے کو کھڑی ہو گئی۔ اس نے سوچا۔ آخر اسے کیا لینا ہے۔ ان کے باپ سے مل کر۔ زیادہ سے زیادہ وہ اس کا شکریہ ہی تو ادا کر دیں گے۔ اور وہ احسان نہ بھی لے تو کیا۔ یہ تو اس کا فرض تھا۔ وہ بچوں کو کہہ کر دروازے تک آ گئی۔ لیکن بچوں نے ضد کرنا شروع کر دیا۔ اور اسے مجبوراً رکنا ہی پڑا۔ اس نے سٹاف کار چھوڑ دی اور خود بچوں کے ساتھ آ کر بیٹھ گئی۔

رات کے آٹھ بجنے کو تھے۔ جب کوٹھی کے پار کرنیں موٹر کار ی رُکنے کی آواز آئی۔ آرتی بیٹھے بیٹھے کپکپا گئی۔ اور اپنے آپ کو صوفے کے اندر گرا لیا۔ بھارت بابو آ گئے تھے۔ اس کا اندازہ غلط نہ تھا۔ ان کے قدموں کی آہٹ اس بات کا ثبوت تھی کہ وہی اس گھر کے مالک ہیں۔ ان کی چال میں وہ انداز موجود تھا۔ جو ہر رئیس میں ہوتا ہے۔ وہ دل کی دھڑکن روکے بیٹھی تھی۔ بچے بھی تھوڑی دیر کے لئے رات کے کپڑے تبدیل کرنے کو چلے گئے تھے۔

بھارت نے ڈرائنگ روم میں داخل ہوتے ہی جب بلند آوازیں

انل اور انیتا کو پکارا۔ تو آرتی چونک کر کھڑی ہو گئی۔ بھارت اپنے سامنے ایک نوجوان اور حسین لڑکی کو دیکھ کر ذرا جھینپ گیا۔ لیکن آرتی کے لباس کو دیکھ کر اسے یہ سمجھنے میں دیر نہ لگی۔ کہ یہ وہی مسٹریس ہے جو انہیں چھوڑنے آئی ہے۔

"یو آر مس آرتی؟ آئی سپوز" ——— بھارت قریب ہوتے ہوئے بولا۔

"جی۔ لیکن آپ نے....."

"آپ کے آفیسر نے ہی آپ کا نام بتلایا۔ میں بے حد مشکور ہوں۔ جو آپ نے میرے بچوں کو یہاں تک......"

"کوئی بات نہیں۔ یہ تو میرا فرض تھا۔"

"دراصل میری کار راستے میں خراب ہو گئی تھی اور قریب کوئی ایسی GARRAGE نہ تھی۔ جو کام آسکے۔"

اسی وقت شمبھو بچوں کو لئے باہر آیا۔ اور دونوں پیار سے اپنے ڈیڈی سے لپٹ گئے۔ آرتی قریب کھڑی ان کے جذبات کا جائزہ لیتی رہی۔ اور جب انہوں نے اپنے ڈیڈی کا تعارف آرتی سے کرایا۔ تو وہ شرما گئی۔ بھارت بابو نے مسکراہٹ ہونٹوں تلے دبا کر آرتی سے کہا۔

"ایسا لگتا ہے۔ آپ نے دونوں پر جادو کر دیا ہے۔"

"بچوں کا کیا۔ ذرا پیار کرو۔ تو اپنے ہو جاتے ہیں۔"

"ٹھیک ہے۔ اسی لئے تو کسی شاعر نے کہا ہے۔ کہ پیار کے لئے معصومیت ہی سب سے بڑی شے ہے۔"

"صرف بچپن کی۔ جوانی کی نہیں؟" ——— آرتی نے کہا۔ اور بھارت اس کے جواب پر ہنس دیا۔

اچانک کھڑکی پر بیرونی ماحول کا عکس پڑا۔ آسمان پر گھٹائیں بن رہی

تھیں اور کبھی کبھی بجلی بھی چمکنے لگتی تھی۔ آرتی نے چلنے کی اجازت مانگی۔ بھارت نے کھانے کے لئے روکنا چاہا۔ مگر اس نے انکار کر دیا۔ لیکن جب بچوں نے بہت ضد کرنی شروع کی۔ تو بھارت بولا۔

"میرے لئے نہیں۔ تو ان بچوں کا دل رکھنے کے لئے رک جائیے۔"

"وہ تو.......ہے۔ لیکن بارش......."

"تو کیا ہوا۔ میں گاڑی بھیج دوں گا۔ اور پھر آپ کو جانا بھی کہاں تک ہے؟"

"شہر تک۔ کشمیری دروازہ۔"

"تو آیئے۔۔۔۔ تمیسو جلدی سے کھانا لگوا دو۔"

تھوڑی دیر بعد آرتی۔ بھارت اور بچے کھانے کی میز پر بیٹھ کر کھانا کھا رہے تھے۔ انل اور انیتا تو بات بات پر سونٹزر لینڈ اور اپنے سکول کا ذکر کر بیٹھتے۔ لیکن آرتی تھوں ہاں کے سوا کسی بات کا جواب نہ دے رہی تھی۔ بھارت اس کی خاموشی اور شرم کا بخوبی جائزہ لے رہا تھا۔ باتوں ہی باتوں میں انیتا کے جنم دن کی بات نکلی تو انیتا نے آرتی کو بھی شامل ہونے کی دعوت دی۔ جنم دن آئندہ اتوار کا تھا۔ آرتی نے پہلے تو مجبوری ظاہر کی۔ لیکن بعد میں آنے کا وعدہ کر لیا۔

بھارت جب آرتی کو اپنی گاڑی میں گھر تک چھوڑنے جا رہا تھا۔ تو ہلکی ہلکی بارش ہو رہی تھی۔ اس بوندا باندی میں وہ اس کے برابر موٹر گاڑی میں بیٹھی، سرد ماحول کا لطف لے رہی تھی۔ اچانک خاموشی توڑتے ہوئے بھارت نے پوچھا۔

"بچے کہہ رہے تھے۔ آپ کو ہمارا گھر بے حد پسند آیا؟"

"جی۔ لیکن اب نہیں۔

"کیوں؟" ــــــ بھارت نے سوالیہ انداز سے حیران ہوتے ہوئے بے ساختہ پوچھا۔

"کوئی شے کتنی بھی خوبصورت کیوں نہ ہو۔ روح کے بغیر بیکار رہے۔"

"اوہ سمجھا۔ لیکن مجبوری۔"

آپ نے دوسری شادی کیوں نہ کر لی؟" ــــــ آرتی نے بغیر ہچکچاہٹ کے اس سے پوچھ ڈالا۔ وہ آرتی کا سوال سن کر جھینپ گیا اور بوکھلایا سا اسے دیکھنے لگا۔ آرتی بھی سنجیدہ ہو گئی۔ جیسے یکایک اپنے ہی سوال نے اسے ایسی بات کا احساس کرا دیا ہو۔ کہ اس سے غلطی ہوئی ہے۔ اس سے پہلے کہ وہ معافی مانگتی۔ بھارت بولا۔

"انیتا اور انل کی زندگی کے لئے شاید میں ایسا کبھی نہ کر سکوں گا۔

"آپ ٹھیک کہتے ہیں۔ میں بھی کتنی نادان ہوں۔ جو بنا سوچے سمجھے آپ سے یہ پوچھ بیٹھی۔"

"تو کیا ہوا؟ دل کی بات کہہ دینے میں کیا ڈر؟"

"سچ پوچھیئے۔ تو جب میں نے اتنے بڑے گھر میں کسی کو چلتے پھرتے نہ دیکھا تو دل کو گھبراہٹ سی ہوئی۔"

"وہ اب نہ ہوگی" بھارت نے مسکراتے ہوئے کہا۔

"کیوں؟" ــــــ وہ بے ساختہ بولی۔

"انل اور انیتا جو آ گئے ہیں۔"

"بڑے پیارے بچے ہیں۔ مجھے آپ کے بارے میں سب کچھ انہوں نے ہی بتایا۔"

"اور کیا بتایا ہے۔"

"کہنے کی بات نہیں"

"جی ——" بھارت بوکھلا اٹھا۔

"آپ گھبرا گئے۔ وہ بچے بھلا کیا کہیں گے؟"

آرتی کی بات پر وہ بے اختیار ہنسنے لگا۔ آرتی کی باریک ہنسی نے اس کا ساتھ دیا۔ جب دونوں ہنس رہے تھے۔ تو اچانک موٹر گاڑی سڑک میں کسی کھڈ پر سے اچھل پڑی اور آرتی کھسک کر بھارت کے جسم سے ٹکرا گئی بھارت نے رُخ بدلتے ہوئے 'ساری' کہا۔ تو وہ مارے شرم کے خاموش ہو گئی۔

موٹر گاڑی کو مکلسن روڈ کے نکڑ پر ہی رکنا پڑا۔ چونکہ سڑک پر جانے کا راستہ بند تھا۔ آرتی بھارت سے الگ ہو کر تیزی سے اس تنہا سڑک پر اپنے مکان کی جانب بڑھنے لگی۔ جب وہ اپنی بلڈنگ کی سیڑھیاں چڑھ کر بالائی منزل پر جا رہی تھی تو اس نے رک کر نکڑ پر دیکھا۔ بھارت موٹر گاڑی موڑ کر لوٹ رہا تھا

آرتی نے اپنے مکان کا دروازہ کھولا۔ رات کے دس بجے تھے۔ آسمان پر چھائی ہوئی گھٹا سے چاروں طرف اندھیرا پھیلا ہوا تھا۔ کمرے سے آتی ہوئی روشنی کی شعائیں بتا رہی تھیں کہ اس کی بوڑھی ماں اب تک جاگ رہی ہے۔ وہ پیروں میں آہٹ دبائے۔ بالکونی عبور کر گئی۔ اور اپنا بیگ فرش پر رکھ کر دبی آہٹ سے ماں تک پہنچی۔ جو کرسی پر بیٹھی۔ سویٹر بن رہی تھی۔ آرتی ماں کی پیٹھ پر جا رکی۔ اور چپ چاپ ان سلائیوں کو دیکھنے لگی۔ جو بوڑھے ہاتھ تیزی سے چلا رہے تھے۔ ماں اسی کے لئے سویٹر بن رہی تھی۔

آرتی نے آہستگی سے پکارا ——

"ماں! میں آگئی۔"

لیلاوتی بیٹی کی آواز سن کر کھلبلا سی گئی ۔ اور جیسے ہی وہ اپنا چشمہ درست کر کے سامنے دیکھنے لگی ۔ آرتی لپک کر ماں کے سامنے آ گئی ۔ ماں بیٹی دونوں ایک دوسرے کو دیکھ کر دیوانہ وار لپٹ گئیں ۔ ماں بیٹی کی پیشانی چومتے ہوئے بولی

" ابھی جیکن بابو کے گھر سے ٹیلیفون کروایا تھا ۔ جہاز تو سات بجے کا آیا ہوا ہے ــــــ ! "

" ہاں ماں ۔ کہیں اور چلی گئی تھی ۔ "

" کہاں ؟ میں تو ڈر رہی تھی ۔ ہوائی جہاز کا معاملہ ٹھہرا ۔ "

" ماں تم تو دل چھوٹا کر بیٹھتی ہو ۔ اپنے ساتھ دو بچے آئے تھے ۔ انہیں چھوڑنے چلی گئی تھی ۔ "

" اچھا چل جلدی سے منہ ہاتھ دھو لے ۔ میں کھانا گرم کرتی ہوں ۔ "

آرتی لپک کر اپنی خواب گاہ میں داخل ہو گئی ۔ ماں نے حسب معمول اس کا بستر لگا رکھا تھا ۔ کمرے کی ہر شے آراستہ تھی ۔ اس کے من میں یہ خیال اٹھا کہ ماں اس کا کتنا خیال رکھتی ہے ۔ وہ جانتی ہے اس کی آرتی دنیا بھر کے ملکوں کی سیر کرتی ہے ۔ کہیں وہ گھر آ کر یہ محسوس نہ کرے کہ اس کا گھر آرامدہ نہیں ۔ اسی لئے اس نے بیٹی کا یہ کمرہ صاف ستھرا رکھا ہوا تھا ۔

آرتی کا مکان تو چھوٹا تھا ۔ لیکن اس کی سجاوٹ دیکھ کر لوگوں کے ہونٹ کھلے رہ جاتے ۔ آرتی جس ملک میں پہنچ جاتی ۔ وہاں کا کوئی نہ کوئی عجوبہ لے آتی اور اسے اپنے کمرے میں سجا دیتی ۔ اس نے جلدی سے بیگ کھولا ۔ اور اس میں سے وہ کتا نکالا ۔ جو وہ سوئٹزرلینڈ سے ہمراہ لائی تھی ۔ کتے کا یہ ماڈل رکھا ہوا یوں نظر آتا تھا ۔ جیسے ہو بہو اصلی ہو ۔ اس نے بیگ سے نکال کر اسے سامنے کی الماری پر رکھ دیا ۔ اور غور سے اسے دیکھنے لگی ۔۔۔۔۔۔۔۔

....... اور پھر ان سب اشیاء کو باری باری سرسری نظر سے دیکھا۔ جو وہ دو برسوں سے جمع کر رہی تھی۔ اُسے یوں لگا جیسے یہ چھوٹی سی دنیا باہر والی دنیا سے بہت خوبصورت ہے۔ اور جب وہ دنیا بھر کی اُڑان کے بعد یہاں آتی ہے تو اس کے دل کو تسکین سی ملتی ہے۔

لوٹ کر اندر آئی تو آرتی گم سُم کھڑی تھی۔ ماں نے پوچھا۔

"کیوں بیٹیا! کیا سوچ رہی ہو؟"

"کچھ نہیں ماں"—— وہ چونک کر پلٹی اور جھٹ بیگ میں سے ایک پیکیٹ نکال کر کھولنے لگی۔ ماں نے اشتیاق سے دیکھا۔ اور اس کے ہاتھ میں سفید رنگ کی اُونی شال کو دیکھ کر پوچھنے لگی——"یہ دوشالہ لائی ہو؟"

"ہاں ماں! تمہارے لئے۔"

"میں کیا کروں گی اس بڑھاپے میں۔ اور پھر تو یہ فضول خرچ۔"

"ماں! کتنی بار کہا ہے۔ ایسی باتیں نہ کیا کرو۔ آج میرا کوئی بھیا ہوتا تو کیا تمہارے لئے کچھ نہ لاتا۔"

ماں خاموش ہو گئی۔ اور اپنے آنسو ضبط کئے ہوئے باہر چلی گئی۔ آرتی چپ چاپ تولیہ اٹھائے باتھ روم میں داخل ہو گئی ÷

# باب (۳)

بھارت ڈرائینگ روم میں بیٹھا بچوں کا شور و غل سن رہا تھا۔ جو برابر کے کمرے میں اپنے ہم عمر بچوں کے ہمراہ انیتا کا جنم دن منا رہے تھے۔ بھارت بیٹھا سامنے رکھے ان کھلونوں اور اشیاء کا جائزہ لے رہا تھا۔ جو بچے انیتا کے جنم دن پر بطور تحفہ لائے تھے۔ ان میں وہ بھورے رنگ کا کتا بھی تھا۔ جو انیتا کے لئے ان کی دیدی آرتی لائی تھی بھارت اس کتے کو غور سے دیکھ رہا تھا۔ کہ ایک بار ایک آواز سن کر چونک گیا۔

"PARTY IS READY"

آواز آرتی کی تھی۔ جو گھر میں کوئی بڑی عورت نہ دیکھ کر شمبھو کی مدد کرنے چلی گئی تھی۔ بھارت یکایک اپنی نشست چھوڑ کر آرتی کے ساتھ بچوں کے کمرے میں چلا آیا۔ جو جنم دن منانے کے لئے بالکل تیار بیٹھے تھے۔ ڈیڈی کے آتے ہی انیتا نے کیک پر روشن موم بتیوں کو پھونک مار کر بجھایا۔ اور سب اسے مبارکباد دینے لگے۔ ڈیڈی نے کیک کاٹا اور آرتی سب کو بانٹنے لگی۔

جب سب بچے کھانے پینے میں مصروف ہوگئے۔ تو بھارت اور آرتی اپنا اپنا چائے کا پیالہ تھامے ڈرائنگ روم میں لوٹ آئے۔ اور برابر برابر بیٹھ گئے۔ بھارت کو احساس ہونے لگا کہ آرتی چند ہی دنوں میں ان کے خاندان میں یوں لگنے لگی ہے جیسے اس کا جزو ہو بچے تو دن رات اسی کے گن گاتے رہتے تھے۔ دونوں چپ چاپ بیٹھے چائے پیتے رہے۔ آخر بھارت نے خاموشی کو توڑتے ہوئے کہا۔

"آپ نے سچ کہا تھا۔"

"کیا؟" —— آرتی یکایک چونکتے ہوئے بولی۔

"گھر میں رونق نہ ہو۔ تو گھر کس کام کا۔ دیکھئے نا یہ بچوں کا شور کتنا دلفریب ہے۔"

"اسی لئے آپ نے یہ رونق ہزاروں میل دور رکھی ہوئی ہے ——" آرتی نے طنزاً کہا۔

"نہیں آرتی۔ انسان کی چند مجبوریاں ہیں۔ جو وہ من مانی نہیں کر سکتا جب گھر میں کوئی دیکھ بھال کرنے والا نہ ہو تو —— کیا کیا جائے؟"

"کوئی پڑھی لکھی گورنس تو رکھی جا سکتی ہے۔"

"اس پر بھی تسلی نہیں ہوتی۔ یہ ہی سوچتا ہوں۔ اچھی تعلیم پا لینے کے بعد ان کی زندگی بن جائے گی۔ اپنا کیا —— دل پر پتھر رکھ لیتے ہیں۔"

"ایسا بھی تو ممکن ہے۔ دل پتھر کا ہو جائے"

آرتی کے اس جواب پر وہ جھینپ گیا۔ اور خاموشی سے چائے کے گھونٹ حلق میں اتارنے لگا۔ آرتی نے اس کی پیشانی پر جمع ہوئے پسینے کو چور نظروں سے دیکھا۔ اور آہستگی سے نظر گھما کر بولی۔

"آہ ئی - ایم ساری - مسٹر بھارت - نہ جانے آپ سے کیوں بحث میں الجھ پڑی -"

"نہیں تو ——— میں آپ ہی کا نظریہ سوچ رہا تھا - اگر بچوں کو اپنے قریب رکھا جائے تو ممکن ہے اپنا دل بھی بہل جائے -"

"یہی تو میں کہتی ہوں - اتنی بڑی کوٹھی ——— یہ زیبائش - یہ آرام یہ دولت ——— یہ نفاست - گھر میں رونق نہ ہو تو کس کام کی ؟"

"تو آپ کو میری امداد کرنی ہوگی -"

"جی !"

"ان کے لئے کوئی اچھی گورنس کا انتظام !"

"اوہ - دیکھنا پڑے گا - میں آج ماں سے کہونگی" ——— آرتی کہتے کہتے رُک گئی اور پھر اچانک بھارت پر یہ سوال کر بیٹھی ——— "گورنس کیسی ہو - جوان یا بوڑھی ؟"

بھارت آرتی کا سوال سن کر کھسیا گیا - اور پھر اپنے سنجیدہ لبوں پر مسکراہٹ لاتے ہوئے اس نے کہا ——— "دونوں کا مکسچر ہو تو اچھا ہے -"

بھارت کے شائستہ جواب کو سن کر آرتی کھل کھلا اٹھی اور پیالہ میز پہ رکھتے ہوئے اٹھ کھڑی ہوئی - بھارت نے حیران نظروں سے جانچتے ہوئے پوچھا -

"کیوں - کہاں چلیں ؟"

"آپ کا گھر دیکھنے" ——— وہ حلیمی سے بولی - اور ڈرائینگ روم کا جائزہ لیتے بغل والے بیڈ روم میں داخل ہو گئی - بھارت بھی اس کے ہمراہ ہو گیا - تمام کمروں کا جائزہ لیتے ہوئے جب وہ بالکونی پر پہنچی - تو سامنے کا نظارہ

دیکھ کر رُک گئی۔ کوٹھی کی پشت پر نہانے کا ایک تالاب تھا جس میں اب بھی چند لڑکے لڑکیاں نہانے کا لباس پہنے تیراکی کی مشق کر رہے تھے۔ وہ چند لمحے انہیں کو دیکھتی رہی۔ اُسے گُم سُم دیکھ کر بھارت نے پوچھا۔

"کیا سوچ رہی ہیں آپ؟"

"کتنا دلکش منظر ہے۔ فرصت کی گھڑیوں میں میں بھی نہانے چلی جاتی ہوں"

خواہش ہو تو BATHING TRUNK منگواؤں"

"نہیں۔ پھر کبھی"۔۔۔۔ آرتی نے رُخ بدلا۔ اور بھارت کی جاذب نظروں کو دیکھتے ہوئے ڈرائینگ روم میں لوٹ آئی۔ وہ بھی قدم اٹھاتا ہوا اس کے پیچھے آ گیا

"ایک بات پوچھوں؟"۔۔۔۔ آرتی نے رکتے ہوئے کہا۔

"کہیئے؟"

"بچوں کی ماں کو گئے کتنے برس ہو گئے؟"

"سات برس!"۔۔۔۔ بھارت یکایک سنجیدہ ہوتے ہوئے بولا۔ اس کی نگاہیں جھک گئیں۔

"کیا نام تھا؟"

"کملا"۔۔۔۔ وہ پل رکتے ہوئے اس نے جواب دیا۔

"کبھی آپ کو ان کی یاد نہیں ستاتی ہے؟"

"مس آرتی!"۔۔۔۔ وہ بلند آواز سے چلایا۔ آرتی خاموش ہو کر رہ گئی اس نے دیکھا بھارت کا چہرہ گھبراہٹ سے زرد ہو چکا تھا اور پسینے کے قطرے یوں جمع تھے۔ جیسے نہا کر غسل خانے سے ابھی ابھی باہر آیا ہو۔ اس نے ضبط سے کام لیا۔ اور "آئی۔ ایم سوری" کہتا ہوا بغل والے کمرے میں چلا گیا۔ آرتی نے آج اس کے دل کے زخموں کو کرید کر اُسے دُکھی بنا دیا۔ یہ بات اس نے بھی محسوس

گی۔ اور وہ خاموش ہو کر بچوں کے کمرے میں چلی آئی۔

دوسرے روز آرتی کو لندن جانا تھا۔ وہ جیسے ہی اپنا بیگ لئے کمپنی کی گاڑی کو دیکھنے کے لئے گھر سے باہر نکلی۔ تو بھارت کو سامنے سے آتے دیکھ کر یکا یک رُک گئی۔ وہ اکیلا نہ تھا بلکہ انل اور انیتا بھی اس کے ہمراہ تھے۔ بھارت نے آرتی کو دیکھتے ہی بچوں کو اشارہ کیا اور وہ لپک کر آرتی سے جا ملے۔ آرتی نے دونوں کو شفقت سے ہاتھوں میں لیتے ہوئے بھارت سے نظریں چار کیں۔ بھارت نے ہاتھ باندھ کر نمسکار کیا۔ آرتی نے حیرت سے دیکھتے ہوئے جواب دیا۔

"آپ کہیں جا رہی ہیں؟" —— بھارت نے بیگ کو دیکھتے ہوئے پوچھا

"جی" —— وہ رک گئی۔

"کہاں؟" —— وہ بے ساختہ بولا۔

"لندن"

"تو ہم ٹھیک سمے پر آ گئے۔ دو روز سے بچوں نے اُودھم مچا رکھا تھا۔ دیدی کے گھر جانا ہے۔ دیدی کے گھر جانا ہے۔"

"ہاں دیدی! ہم تمہارے گھر آئے ہیں" —— انیتا بولی۔

"تو آؤ" —— آرتی نے دونوں کو بازوؤں سے تھاما۔ اور اپنے گھر کی جانب مڑی۔ لیکن بھارت رُک گیا اور بولا —— "لیکن آپ تو ڈیوٹی پر جا رہی ہیں؟"

"اور آپ لوگ بھی ہمارے گھر پہلی بار آئے ہیں۔"

"ہم پھر کبھی آ سکتے ہیں۔ کہیں آپ کو دیر نہ ہو جائے۔"

"نہیں! آپ آیئے تو۔ ابھی تو ہماری گاڑی بھی نہیں آئی۔"

الفاظ ابھی اس کی زبان پر ہی تھے کہ سڑک سے کچھ فاصلے پر رُکتی ہوئی ایک

موٹر کا ہارن بجا۔ وہ چونک کر اسے دیکھنے لگی۔ بھارت کی نگاہیں بھی گھوم کر چند لمحے کے لئے وہاں جا رکیں۔ گاڑی ایر انڈیا کمپنی کی تھی۔ بھارت کپکپاتی ہوئی آرتی کو دیکھنے لگا۔ اور اس کی مجبوری کا احساس کرتے ہوئے مسکرا دیا۔
"میں نے کہا تھا نا۔ سمے کم ہے۔ آپ ڈیوٹی پر جائیے۔ ہم پھر کبھی آجائیں گے"
"اتفاق کی بات ہے۔ آج پہلی بار آپ ہمارے گھر آئے اور میں جا رہی ہوں۔"
"زندگی میں کبھی ایسا ہوتا ہے کہ انسان کچھ کرنا چاہتا ہے لیکن وقت اسے کرنے نہیں دیتا۔"
ہوائی جہاز کمپنی کی موٹر کا ہارن دوبارہ بجا۔ آرتی نے شفقت سے دونوں بچوں کو اپنے جسم سے چپکا لیا۔ اور بولی ـــــ "میں آجاؤں۔ تمہیں خود گھر لے آؤں گی۔"
"ڈیڈی کب آؤ گی؟" ـــــ انل نے سوال کیا۔
"NEXT SATUR DAY او۔ کے۔ بائی بائی۔"
دونوں بچوں نے آرتی کو دیکھا جو ہاتھ ہلاتی ہوئی تیزی سے اپنی موٹر گاڑی کی جانب بڑھی۔ اور پھر یکایک رک کر بھارت سے مخاطب ہوئی ـــــ "میں نے ماں سے آپ کے کام کے بارے میں کہہ دیا تھا۔"
"کونسا؟"
"آپ کے بچوں کی گورنس۔"
"اوہ!" ـــــ بھارت مسکرا دیا۔ اور آرتی کو بڑھتے دیکھ کر بولا۔ "شکریہ"
وہ چلی گئی۔ لیکن بچوں کے ہمراہ کھڑا بھارت اس جگہ اس کے جانے کے بعد

بھی چند لمحے ساکن کھڑا رہا۔ اس کی سُریلی آواز ابھی تک اس کے کانوں میں گونج رہی تھی ـــــ "آپ کے بچوں کی گورنس" ـــــ اس نے چونک کر دائیں بائیں دیکھا۔ اور بچوں کی انگلی تھامے ہوئے موٹر کار کی جانب بڑھ گیا۔

بچوں کے دل میں ڈیڈی کی چاہت کو دیکھ کر اسے خیال آیا کہ کیوں نہ وہ ان کو اسی کی نگرانی میں چھوڑ دے۔ لیکن یہ ناممکن تھا۔ وہ تو خود نوکری کی محتاج ہے آج یہاں۔ کل وہاں۔ بھلا وہ بچوں کا کیا خیال رکھے گی۔ ممکن ہے اس کی ماں یہ کام کرے۔ لیکن یہ زبان سے اسے کیونکر کہہ سکتا ہے وہ روپیہ پیسہ سے کسی کی ضمیر تو نہیں خرید سکتا اور پھر ایک ایئر ہوسٹس کی ماں جو خود تعلیم یافتہ ہے اور اچھا کما لیتی ہے۔ وہ اپنی ماں کو یہ کام کرتے کیونکر گوارہ کر سکتی ہے۔

نہ جانے کیسے بے تکے خیالات اس کے دماغ میں آنے لگے۔ اور وہ یہ سوچتا ہوا گھر تک جا پہنچا۔ جیسے ہی وہ اندر داخل ہوا۔ شمبھو نے ایک رقعہ پیش کیا۔ یہ رقعہ اس کے دوست اسلم کا تھا۔ جو سنٹرل جیل کا ویلفیر آفیسر تھا۔ اس نے لکھا تھا۔

"کملا تم سے ملنا چاہتی ہے۔"

کملا کا نام پڑھتے ہی اس کے تن بدن میں آگ لگ گئی۔ اسے یوں لگا۔ جیسے اچانک کسی نے اسے اُبلتے ہوئے لاوے میں دھکیل دیا ہو۔ اس نے ایک سرسری نگاہ سے دونوں بچوں کو دیکھا اور بولا۔

"جاؤ جلدی سے کھانا کھا لو۔"

"اور آپ ڈیڈی" ـــــ دونوں ایک آواز ہو کر بولے۔

"مجھے بھوک نہیں۔ اور ہاں میں کسی کام سے جا رہا ہوں۔ اگر دیر ہو جائے

تو گھبرانا نہیں۔“

بھارت نے جانے سے پہلے اسلم کو ٹیلیفون کیا۔لیکن وہ وہاں موجود نہ تھا۔کسی قیدی کے ہمراہ ہسپتال تک گیا تھا۔پھر بھی وہ فوراً جانے کو تیار ہو گیا اس کے دماغ میں بار بار کملا کا خیال آرہا تھا۔وہ اسے مل کر خوش نہ ہوتا تھا۔ لیکن مجبوراً اسے ملتا ہی تھا۔آج سات برس سے وہ جیل کی کوٹھری میں بند تھی اس بات سے کوئی واقف نہ تھا۔انل اور انیتا یہ سمجھتے تھے۔کہ ان کی ماں مر چکی ہے۔اور اس راز کو نہ جانتے تھے کہ وہ سات برس سے جیل میں بند ہے۔وہ زندہ ہے اور ایسا بھی ممکن تھا کہ وہ ایک روز زندہ باہر آجائے۔

لیکن بھارت کو اس بات کا یقین تھا۔وہ زندہ باہر نہ آسکے گی۔سات برس کٹ گئے۔اور ابھی سات برس اس کی قید کے باقی تھے۔وہ اس منحوس کا سایہ بھی ان بچوں پر نہ پڑنے دینا چاہتا تھا۔اسی لئے اس نے اس ماحول سے ہزاروں میل دور ان بچوں کو تعلیم کے لئے بھیج رکھا تھا۔اور آج کسی طرح ان کی آمد کی خبر اسے جیل میں مل گئی ہوگی۔وہ جانتا تھا۔کملا اس سے کیوں ملنا چاہتی ہے۔پھر بھی وہ اسلم کے رقعے سے پریشان ہوا جیل روانہ ہو گیا۔

اس نے جب کملا کی موت کا ذکر آرتی سے کیا تھا۔تو وہ غور سے اسے دیکھ رہی تھی۔آرتی نے اس پر یہ سوال بھی کر دیا تھا۔کیا وہ اسے یاد آتی ہے؟ وہ اس سوال پر تلملا گیا تھا۔کہیں وہ حقیقت جان جائے۔تو شاید اسے ہم سب سے نفرت ہو جائے۔

حسب معمول آج بھی جیل میں ملاقات کے لئے بھارت سیدھا اسلم کے دفتر میں گیا۔وہ ہسپتال سے لوٹ چکا تھا۔اور دوست کو دیکھتے ہی ہاتھ ملانے کو اٹھا۔بھارت سامنے کی کرسی پر بیٹھ گیا۔دو آدمیوں کی موجودگی کا احساس

کرتے ہوئے وہ خاموش رہا۔ لیکن جب وہ چلے گئے۔ تو بھارت نے پوچھا:
"کیوں اسلم کیا ہوا؟"
"بھابھی کی طبیعت کچھ ناساز ہے۔"
"تو ــــ!"
"بچوں سے ملنا چاہتی ہے۔"
"نہیں نہیں۔ ایسا ممکن نہیں۔ لیکن اسے پتہ کیونکر چلا؟ وہ آ گئے۔"
"کہیں سے خبر منگوالی ہوگی۔ خیر بات کرلو۔"
بھارت چپ چاپ اسلم کے ہمراہ ہوگیا۔ جو سیدھا اسے جیل کے اندر لے گیا۔ وہ جیل خانے کی دیواروں کو دیکھ کر گھبرا رہا تھا۔ اردگرد کھڑے لوگوں کا جائزہ لیتے ہوئے وہ خاموشی سے اس کوٹھڑی تک بڑھ گیا۔ جہاں کملا قید تھی۔ لوہے کا دروازہ کھلتے ہی جیسے اجالے نے اندر قدم رکھا۔ بھارت کی کانپتی نگاہوں نے کالی ساڑھی میں ملبوس کملا کو دیکھا۔ جو فرش پر بیٹھی۔ اپنا منہ گھٹنوں میں چھپائے ہوئے تھی۔ بھارت کو دیکھتے ہی وہ بوکھلا گئی؛ اور اپنے کمزور جسم کو گھسیٹتی ہوئی اس جانب بڑھی۔ بھارت نے اس کے افسردہ اور مرجھائے ہوئے چہرے کو سرسری نگاہ سے دیکھا اور نفرت سے رخ پھیر لیا۔ بھارت نے اس کو قریب ہوتے آہٹ سے پہچانا۔ وہ آہستگی سے بولی۔
"سنا ہے۔ میرے انل انیتا آ گئے۔"
"ہاں۔ لیکن تم چاہو کہ میں انہیں اس کالی کوٹھڑی تک لے آؤں۔ یہ ناممکن ہے" ــــ بھارت کرخت آواز میں بولا۔
"صرف ایک بار انہیں جی بھر کر دیکھنا چاہتی ہوں۔"

"اس سے فائدہ ـــــ! وہ تو مان چکے ہیں کہ ان کی ماں مر گئی۔"

"لیکن میں تو زندہ ہوں۔ میری ممتا تو زندہ ہے۔ میرے جذبات تو زندہ ہیں۔ اب میں کیا کروں؟"

"انہیں بھی کچل ڈالو!"

"بھارت"

"ہاں۔ دوسرا کوئی راستہ نہیں۔ شاید بھگوان تمہیں اسی جنم میں ہی تمہارے گناہوں کی سزا دے رہا ہے۔ تمہاری رگوں میں زہر ہے۔ ممتا کا خون نہیں۔"

کملا چکرا کر گر گئی جیل کے دو سنتریوں نے لپک کر اس کے جسم کو تھام لیا۔ اسلم بھی موقع پر پہنچ گیا۔ اور کملا کو بے ہوش دیکھ کر ایک سنتری سے بولا ـــــ "جاؤ ڈاکٹر کو خبر کر دو!"

بھارت اپنے بوجھل قدموں کو اٹھاتا بیرونی گلی میں بڑھنے لگا۔ اس کا دل یہ دیکھ کر پتھر ہو چکا تھا۔ اس پر کملا کی آہ و زاری کا کوئی اثر نہ تھا۔ وہ ڈاکٹر کے آنے تک بھی نہ رُکا۔

اچانک اسلم کی آواز نے اس کے کان کھڑے کر دیئے۔ اس کے قدم رُک گئے۔ اور اس نے رُخ بدل کر اپنے ساتھ چلتے ہوئے اسلم کی موٹی موٹی آنکھوں میں جھانک کر دیکھا۔ وہ آہستگی سے کچھ کہہ رہا تھا۔ جب اس نے بھارت کو انجان بنا ہوا دیکھا۔ ..........

...... تو اپنی بات دُہرائی۔

"اچھا ہی ہوتا جو بھابھی کی ملاقات بچوں سے ہو جاتی"

"نہیں اسلم۔ تم نہیں سمجھتے۔ ایک بار اس نے دیکھ لیا تو کچھ کر بیٹھے۔ میں

نہیں چاہتا کہ بچے یہ جان پائیں کہ ان کی ماں زندہ ہے اور قید ہے۔"
"ڈاکٹر کہہ رہا تھا کہ وہ زیادہ عرصہ زندہ نہ رہ سکے گی۔"
"تو میں کیا کر سکتا ہوں۔ جذبات کی رَو میں بہہ کر میں ان معصوم بچوں کی زندگی تباہ نہیں کر سکتا۔ ان کے مستقبل کو اندھیرا نہیں کر سکتا۔"
"تو ایک کام کرو"
"کیا؟"
"کسی روز دونوں کو میرے ہاں لے آؤ۔"
"کیوں؟"
"میں چھپ چھپا کر انہیں بھابھی کو دکھلا دوں گا۔ وہ ان کا دیدار بھی کر لے گی اور انھیں پتہ بھی نہ چلے گا"
"ممتا سے پاگل ہو کر کہیں کسی کو کچھ کہہ نہ دے۔"
"یہ مجھ پر چھوڑ دو"
"اسلم"
"ہاں دوست۔ بھروسہ رکھو۔ مجھے ان بچوں کا تم سے زیادہ پاس ہے"
بھارت خاموش ہو گیا۔

# باب (۴)

اسلم اپنے گھر کی بالکونی میں کھڑا ٹکٹکی باندھے کملا کو دیکھ رہا تھا جو اسی مکان کے بیرونی برآمدے میں کھڑی اس کے ڈرائنگ روم میں جھانک رہی تھی۔ وہ کھڑکی کا سہارا لئے غور سے اپنے بچوں کو دیکھ رہی تھی۔ جو ڈرائنگ روم میں بیٹھے کھیل رہے تھے۔ انل اور انیتا اس بات سے بے خبر تھے۔ کہ ان کی ماں انہیں دیکھ رہی ہے وہ اسلم چچا کے دیئے کیرم بورڈ پر کھیل رہے تھے۔

کملا نے جب چہرہ ہٹا کر سرسری نگاہ سے نیچے پھاٹک پر کھڑے سپاہیوں کو دیکھا جو اس کے ہمراہ تھے۔ تو اس کے دل میں کسک سی ہوئی۔ وہ اپنی مجبوریوں کو دامن میں باندھے پھر ان بچوں کو دیکھنے لگی۔ جیسے اس نے رُخ بدلا۔ تو اسلم نے اس کی آنکھوں سے برستے ہوئے پانی کو بخوبی دیکھ لیا تھا۔ ایک ماں کی ممتا اور دل کی مجبوریوں کو دیکھ کر اس کے دل میں خلش اٹھی اور وہ کانپ کر رہ گیا۔ کملا کی طرح وہ بھی اپنے فرض اور وعدہ سے مجبور تھا۔ اس نے بھارت سے کیا ہوا وعدہ نبھانا تھا۔ ورنہ وہ کملا کو ان بچوں کے بالکل قریب لے جاتا۔ یہ سوچتے ہوئے وہ

اندر داخل ہوا۔

وہ ابھی ایسا سوچ ہی رہا تھا۔ کہ کیرم کی گوٹی اچھل کر دیوار سے آٹکرائی انل بھاگ کر اُسے لینے کو لپکا۔ اور جونہی کھڑکی میں کھڑی کملا کو اس نے دیکھا وہ خوف زدہ ہو گیا۔ اس نے چلاّ کر انیتا کو پکارا۔ کملا کی آنکھوں سے آنسو بہتے دیکھ کر دونوں بہن بھائی اسے غور سے دیکھنے لگے۔ اسلم نے لپک کر خوفزدہ بچوں کو تھام لیا۔ کملا اسلم کو دیکھتے ہی کھڑکی سے پرے ہٹ گئی۔ اور اپنے دل کی طوفان کو ضبط کرتے ہوئے وہ بے تحاشا پھاٹک کی جانب بھاگی۔ جہاں دونوں سپاہیوں نے اسے اپنی نگرانی میں لے لیا۔

اسلم ابھی تک بچوں کے زرد چہروں کو دیکھ رہا تھا۔ ان کا دل خوف سے تیز تیز دھڑک رہا تھا۔ اسلم نے چند لمحے کی خاموشی توڑتے ہوئے سوال کیا۔

"کیوں کیا ہوا؟"

"انکل!...... اس کھڑکی...... میں......" تھرتھراتی ہوئی آواز میں انل نے کہا۔

"وہ عورت رو رہی تھی نا"—— اسلم نے بات پوری کر دی اور دونوں بچوں کو اندرونی کمرے میں لے آیا اور پھر بولا—"جانتے ہو۔ کیوں؟"

"کیوں انکل؟"—— انیتا نے پوچھا۔

"اپنے بچوں کو یاد کرکے۔ بالکل تم جیسے—— ایک لڑکا اور ایک لڑکی۔"

"کہاں ہیں وہ؟"—— انل نے بے ساختہ پوچھا۔

"بے چاری سے بچھڑ گئے۔"

"کیوں؟"—— انیتا نے پوچھا۔

اسلم چپ ہو گیا۔ اس کی خاموشی کو دیکھتے ہوئے دونوں نے اسلم کو دیکھا۔

اس کی پلکوں میں آنسو تیر رہے تھے۔ دونوں خاموشی سے اسے دیکھتے رہے۔ اسلم آنسوؤں کو پی گیا۔ اسے روتے دیکھ کر انیتا بولی۔

"وہ مر گئے کیا؟"

اسلم نے فوراً انیتا کے منہ پر ہاتھ رکھ دیا۔ تو انل بولا۔

"ہاں انکل! تبھی وہ عورت رو رہی تھی۔"

"نہیں ایسا نہیں کہتے۔ چلو چل کر چائے پئیں۔"

اسلم نے بات بدل دی۔ اور دونوں بچوں کو کھانے کے میز پر بٹھلا دیا۔ گھر کی نوکرانی چائے کا طشت لے آئی۔ اسلم نے ان کے لئے چائے بنائی اور ان کے ہمراہ خود بھی پینے لگا۔

وہ اپنے حلق میں چائے کے گھونٹ اتارتا جا رہا تھا۔ اس کے دماغ میں بار بار کملا کا عکس گھوم رہا تھا۔ اور وہ سوچ رہا تھا۔ بھارت کی اس ضد کا انجام کیا ہوگا۔ انسان جب زندگی میں ایک حماقت کر بیٹھتا ہے۔ تو کتنی بڑی سزا بھگتنی پڑتی ہے اسے۔ وہ کملا کی زندگی کو سوچ کر کانپ اٹھا۔ ایک گناہ اور جیون بھر اس کی سزا ایک امید ہی تھی۔ جس کے سہارے وہ جی رہی ہے۔ اگر وہ بھی نہ رہی تو کیا ہوگا؟

بچے جب گھر پہنچے۔ تو انہوں نے اس بات کا ذکر ڈیڈی سے بھی کیا۔ بھارت ان کی زبان سے یہ سنتے ہی بوکھلا گیا۔ اور غصے میں بولا —— "تم نے اسے دیکھا ہی کیوں؟"

"میں نے نہیں ڈیڈی! —— انل نے پہلے دیکھا تھا۔"

"خیر ایسی عورتوں کی باتیں نہیں کرتے۔ وہ بری ہوتی ہیں۔"

"آپ جانتے ہیں اسے ڈیڈی؟"

"نہیں!"

"اسلم انکل تو کہتے تھے۔ بیچاری اپنے بچوں کو یاد کر کے رو رہی ہے۔"

بھارت نے رخ پلٹ کر انیتا کو دیکھا۔ جو اس سے یہ کہہ رہی تھی اور غصے میں چند لمحے دیکھتا ہی رہا۔ وہ سہم گئی۔ تو بھارت بولا۔

"اسلم جھوٹ کہتا تھا۔ جاؤ اب سو جاؤ۔"

انل اور انیتا ڈیڈی کی بات کو نہ سمجھ کر چپکے سے اپنے کمرے کی طرف بڑھ گئے لیکن وہ اپنی توتلی باتوں کا ایک طوفان چھوڑ گئے۔ جو بھارت کے دل و دماغ میں ولولہ مچا رہا تھا۔ اسے ایسا محسوس ہو رہا تھا۔ جیسے آج انہوں نے دبی چنگاریوں کو پھر سے سلگا دیا ہو۔ بچے اسلم کے گھر گئے۔ یہ سوچ کر وہ پچھتانے لگا۔ اس کا دل کبھی کبھی خوف سے کانپنے لگتا۔ جب وہ یہ سوچتا کہ کہیں بچوں نے بڑے ہو کر یہ جان لیا کہ ان کی ماں زندہ ہے۔ اور ایک خونی ہے تو وہ اس کے بارے میں کیا سوچیں گے۔ جب وہ یہ جان پائیں گے کہ میں انہیں جھوٹ کہتا رہا ہوں۔ تو انہیں اس سے نفرت ہو جائے گی۔ وہ اپنی خوابگاہ میں لیٹا نہ جانے کیسی کیسی باتیں سوچتا رہا۔

اسی دماغی کشمکش میں رات کے دس بج گئے۔ اس کی آنکھوں میں نیند کا نام و نشان بھی نہ تھا۔ وہ چپ چاپ بستر میں لیٹا سوچتا رہا۔ اور جب اس کے دماغی سکون کا رشتہ بکھرنے لگا۔ تو وہ اپنے بستر سے اٹھا اس نے سامنے کی الماری کھولی۔ اور وسکی کی بوتل سے ایک پیگ گلاس میں انڈیل کر ایک دم حلق میں انڈیل لیا۔ شراب کا اثر ہوتے ہی اس کی دماغی نسیں ڈھیلی ہو گئیں اس نے ایک پیگ اور ڈال لیا۔ اور گلاس تھامے اپنے بستر میں آگیا۔ جوں ہی گلاس اس نے میز پر رکھا۔ قریب رکھی ہوئی ٹیلیفون کی گھنٹی ٹن ٹن بجنے لگی۔ اس نے کڑی نظر سے ایک بار ٹیلیفون کو دیکھا۔ اور پھر ریسیور اٹھا کر لاپرواہی سے بولا۔

"ہیلو ـــــــ!"

آرتی کی آواز تھی۔ جو ابھی ابھی لندن سے لوٹی تھی۔ ایروڈرام پر پہنچتے ہی اس نے بچوں کی خیریت جاننی چاہی۔ بھارت مسکرا کر بولا ـــــــ "وہ سو رہے ہیں"۔ ـــــــ بھارت نے یہی سوال آرتی پر کیا تو وہ مسرت سے بولی ـــــــ ـــــــ "IT IS FINE" بھارت نے گھر آنے کو کہا۔ آرتی نے وعدہ نہ کیا لیکن بولی ـــــــ "کوشش کروں گی"۔

ٹیلیفون بند ہو جانے کے بعد بھارت گم سم ہوا نہ جانے کتنی دیر تک ریسیور اپنے ہاتھ میں تھامے رہا۔ جب اُسے ہوش آیا تو اس نے ریسیور نیچے رکھ دیا۔ اور وسکی کا دوسرا پیگ بھی پی گیا۔ ایک سرور سا اس کے دماغ میں چھا گیا۔ کھنچی ہوئی رگیں اسے پریشان کئے ہوئے تھیں۔ اب ڈھیلی ہو کر اسے سکون دے رہی تھیں ایک آرام کا سا احساس ـــــــ ایک خواب کا اثر۔ وہ دل ہی یہ فیصلہ نہ کر سکا۔ کہ یہ اثر اس شراب کا ہے یا آرتی کی آواز کا۔

کملا اور اسلم کے جیل کا ماحول بھول کر اب وہ آرتی کے بارے میں سوچنے لگا۔ اس کے سامنے اب جیل کے بلند اور آہنی دروازوں کی جگہ وسیع میدان آ گیا۔ جہاں پرندوں کی طرح اٹھکیلیاں کرتے جہاز اترنے لگے۔ اس منظر سے اس کو ایک خاص مسرت کا احساس ہونے لگا۔ اُسے یوں لگا۔ جیسے ایک وسیع میدان میں ایک جہاز کھڑا ہے۔ اور آرتی ہولے ہولے سیڑھیوں سے نیچے آ رہی ہے۔ وہ سفید کپڑوں میں ملبوس ہاتھوں میں اپنا بیگ تھامے اسی جانب بڑھتی آ رہی تھی۔ دوسرے ہی پل دونوں ایک دوسرے کے بالکل قریب ہو گئے۔ آرتی کے نرم نرم ہاتھوں کو بھارت نے اپنے ہاتھوں کی گرفت میں لیا۔ اور مسکراتے ہوئے بولا ـــــــ "ہیلو ـــــــ آرتی۔"

وہ چونک گیا۔ آرتی کی جگہ اس کے ہاتھوں میں شراب کا گلاس تھا جو خالی تھا۔ اس کی سطح پر شراب کے چند قطرے باقی رہ گئے تھے۔ اس نے انگلی سے ان قطروں کو چھوا۔ اور گلاس کی بیرونی سطح پر آرتی کا نام لکھا۔ وہ مسکرا دیا۔ آرتی کا نام یکایک مدھم ہو گیا۔ اور پھر گم۔ اسی وقت اس کے دماغ میں یہ سوال اٹھا۔ کہ یہ دماغی سکون بھی وقتی ہے۔ جو شراب کے مدھم الفاظ کی طرح ہٹ جائے گا۔ اور وہ دوبارہ اسی پریشانی میں مبتلا ہو جائے گا۔ دیوار پر لگی ہوئی کلاک نے ٹن ٹن کر کے وقت کی آگاہی دی اور بھارت پھر سے سنجیدہ ہو گیا اس کی زندگی میں خوشی بلبلوں کی طرح آتی اور معمولی سی گرمائش سے پگھل کر گم ہو جاتی اور وہ پھر غرق ہو جاتا اپنی بھولی ہوئی چند یادوں میں۔

دوسری صبح وہ ابھی ناشتے کی میز پر ہی تھا۔ کہ بیرونی کمرے میں آہٹ ہوئی۔ اور پھر آرتی کی سُریلی آواز آئی۔ جو انل اور انیتا کو پکار رہی تھی بھارت نے جلدی سے اپنے ہاتھ صاف کئے۔ اور لپک کر دروازے تک پہنچا۔ دونوں کا سامنا ہوا۔ وہ ایک دوسرے کو دیکھ کر مسکرا دیئے۔ بھارت نے جونہی ہیلو کہہ کر اس کا سواگت کیا۔ اس نے محسوس کیا۔ آرتی کا نرم نرم ہاتھ اس کے ہاتھوں کی گرفت میں تھا۔ جس کے لمس سے اس کے بدن میں ایک بجلی سی دوڑنے لگی تھی۔ اس کی گرفت ڈھیلی ہو گئی۔ اور آرتی نے مسکراتے ہوئے اس پر سوال کیا۔ "بچے کہاں ہیں؟"

"شاید سو رہے ہیں۔"

"عجیب بات ہے۔ رات کو ٹیلیفون کیا تو سو رہے تھے۔ اور اب آئی ہوں تب بھی سو رہے ہیں۔ کیا وہ دن رات سوئے رہتے ہیں؟"

"اور کیا کریں۔ جب جی چاہتا ہے اُٹھ بیٹھتے ہیں۔ انہیں دفتر تھوڑی

جانا ہے۔"

"لیکن وقت کی پابندی بھی تو ہونی چاہیئے۔اس طرح ان کی عادتیں بھی بگڑ سکتی ہیں۔اور وہ سُست بھی ہو سکتے ہیں۔"

"سوچتا تو میں بھی ہوں۔لیکن کیا کروں؟ گھر میں کون ہے۔جو ان سب باتوں کا خیال رکھے۔"

"آپ تو ہیں۔"

"میں۔خوب کہی۔یہاں تو اپنے ہوش باختہ رہتے ہیں۔کسی اور کا خیال کیا ہے اور ہاں آپ نے تو ایک وعدہ کیا تھا۔"

"کیا؟"—— آرتی قدرے حیران ہو کر پوچھنے لگی۔

"ان کے لئے ایک گورنس لانے کا۔"

"آج ماں سے پتہ چلے گا۔امید ہے چند روز میں کوئی مل جائے گی۔"

باتیں کرتے کرتے دونوں کھانے کی میز تک آگئے۔اور جب بھارت نے ناشتہ کے لئے گذارش کی تو وہ بولی——"ٹھہریئے!بچوں کو بھی لے آؤں۔"

بھارت نے شمبھو کو پکارا۔لیکن آرتی اُسے خاموش رہنے کا اشارہ کرتے ہوئے خود ہی بچوں کے کمرے تک چلی گئی۔دونوں میٹھی نیند سو رہے تھے۔بچوں کے پیارے اور معصوم چہرے——خاموش ہونٹوں پر نکلی ہوئی مسکراہٹ دیکھ کر آرتی کے دل میں گدگداہٹ سی ہوئی۔اور وہ ان کے قریب آبیٹھی۔اس نے انہیں جھنجوڑ کر جگانا چاہا۔لیکن یکا یک بڑھتے ہوئے اس کے ہاتھ رک گئے اس نے انہیں پکارنا چاہا۔لیکن زبان نے یہ گوارا نہ کیا۔وہ ان کی میٹھی نیند میں خارج نہ ہونا چاہتی تھی۔نہ جانے کیا سوچ کر اس نے بغل میں دبایا ہوا ایک پیکٹ نکالا اور ان کے تکئے کے قریب رکھدیا۔دونوں کی پیشانی کو باری باری چوم کر وہ کھانے کے

کمرے کو لوٹنے لگی۔ ابھی اس نے دو قدم ہی اٹھائے تھے کہ کسی کی آواز سن کر رُک گئی۔

"دیدی تم جا رہی ہو؟"

اس نے جھٹ مڑ کر دیکھا۔ انل اور انیتا اپنے بستروں میں اٹھ کر بیٹھ چکے تھے۔ آرتی بے ساختہ یہ کہتے ہوئے ان کی جانب لپکی ——— "تم دونوں جاگ رہے ہو کیا؟"

"ہوں! دیدی"

"لیکن آنکھیں تو یوں بند کر رکھی تھیں۔ جیسے......."

"جان بوجھ کر کیا!" ——— انیتا نے کاٹ دیا۔

"ہاں دیدی!" ——— انل بولا ——— "ڈیڈی آفس چلے جائیں۔ پھر اٹھیں گے۔"

"کیوں؟"

اس لئے دیدی کہ ان کے سامنے چلے گئے تو زبردستی دودھ پینے کو کہیں گے

"اوہ ——— تو دودھ کی وجہ سے تم ان کے جانے تک سوئے رہتے ہو۔"

دونوں نے اثبات میں گردن ہلا دی۔ آرتی مسکرا پڑی۔ اور اس نے دونوں کو پیار سے اٹھا کر بستر سے نیچے اتار دیا۔ پیکیٹ کھول کر جب اس نے دونوں کے لئے دو خوبصورت نہلانے کے BATHING TUNI KS نکالے تو وہ اچھل کر اس کے گرد ہو گئے۔ لیکن سامنے دروازے میں کھڑے بھارت کو دیکھ کر دونوں یکا یک رُک گئے۔ اور پھر ڈیڈی کو دیدی کا لایا ہوا تحفہ دکھانے لگے ۔

بھارت نے مسکراتے ہوئے وہ کپڑے ہاتھوں میں لئے اور ان کا جائزہ لیتے ہوئے آرتی سے نظریں ملائیں۔

"لندن سے لوٹنے لگی۔ سوچا۔ بچوں کے لئے کچھ لے چلوں۔"

"اوہ۔ ہم سے تو یہ بچے ہی اچھے ہیں۔"

"جی! —— اس میں کیا شک ہے۔"

"کیا؟ ——" وہ چونکتے ہوئے بولا۔

"بچوں کا کیا معمولی سی شے سے بھی بہل جاتے ہیں۔"

"اور ہم ——؟"

"کیا جانیں۔ کیا چاہتے ہیں؟"

بھارت آرتی کا جواب سنتے ہی جھینپ گیا۔ وہ بچوں کو ناشتے کے لئے کہنے لگی۔ جب دونوں بچے دانت صاف کرنے کے لئے غسل گھر کی جانب چلے گئے۔ تو آرتی سنجیدہ صورت بھارت سے بولی —— بچے سو نہیں جاگ رہے تھے۔"

"اچھا"

"جی۔ اور آپ کا گھر سے چلے جانے کا انتظار کر رہے تھے۔"

"کیوں؟"

"آپ انہیں دودھ پینے جو مجبور کرتے ہیں۔"

"یہ سب انہوں نے آپ سے کہا۔"

آرتی نے گردن کو حرکت دے کر ہاں کہی۔ اور رخ پلٹ کر مسکراتے ہوئے بچوں کو دیکھنے لگی۔ جو دانت صاف کرنے کے بعد بھاگتے آ رہے تھے۔ انیتا آرتی کے داہنی طرف اور راہل بائیں طرف بیٹھ گیا۔ بھارت ان سب کے سامنے بیٹھا تھا۔

شمبھو نے میز پر ناشتہ جمایا۔ اور سامنے دودھ کے پیالے رکھے دیکھ کر

بچے ناک سکوڑنے لگے۔لیکن ڈیڈی کے ڈر کی وجہ سے خاموش تھے آرتی ان کے چہرے کا جائزہ لے رہی تھی۔اور بھارت کی نگاہیں۔آرتی کے چہرے کو پڑھ رہی تھیں۔وہ کسی سوچ میں غلطاں تھی۔

"شمبھو!"—— اچانک آرتی نے نوکر کو پکارا۔وہ جاتے جاتے رک گیا آرتی پھر بولی۔

"شمبھو! یہ کیا؟ بچوں کو ہر روز دودھ۔۔۔ اور کوئی چیز نہیں گھر پر کیا؟"

"ہے تو لیکن بابوجی......" شمبھو بھارت کا اشارہ سمجھتے ہی خاموش ہوگیا۔

"خیر اگر دودھ ہی دینا ہے تو ورائٹی کے ساتھ دو۔کبھی اوولٹین۔کبھی ٹھنڈا کبھی ملک شیک کبھی مینگو ملک—— کیوں انل——!"

"ہاں ڈیڈی! یہ شمبھو کاکا—— ہر روز ہمیں ایسے ہی دودھ لا دیتا ہے۔ دیکھو تو کتنی ملائی ہے۔کتنی بار اسے کہا یہ مجھے اچھی نہیں لگتی۔"

"اور ڈیڈی....." انل بولا—— جب میں ٹھنڈا مانگتا ہوں تو گرم لے آتا ہے۔"

بھارت ان سب کا خاموشی سے جائزہ لے رہا تھا۔اور آرتی کی ہیکیٹنگ دیکھ کر تو وہ دل ہی دل میں پھوٹ رہا تھا۔آرتی نے اسی وقت شمبھو سے اوولٹین کا ڈبہ منگوایا اور دونوں پیالوں میں ایک ایک چمچہ اوولٹین ڈال دیا۔ اور بچوں سے بولی۔

"آج تم یہ پی لو۔کل سے تمہیں ورائٹی ملے گی۔"

دونوں نے اپنے اپنے کپ اٹھائے۔اور ایک ہی سانس میں پی گئے آرتی

بولی ——"شاباش ——" اور دونوں بچے اچھل کر باہر کی جانب بھاگے۔

"کہاں چلے۔"

"باغیچے میں EXERCISE کرنے۔"

جب دونوں چلے گئے۔ تو آرتی بھارت اور اپنے لئے چائے بنانے لگی۔ بھارت جو اب تک خاموش یہ ناٹک دیکھ رہا تھا۔ آرتی کے ہاتھوں سے چائے کا پیالہ تھامتے ہوئے بولا ——"آپ سب کتنے بہن بھائی ہیں؟"

"اکیلی ہوں۔ ایک بھیا تھا۔ بچپن میں ہی بھگوان کے گھر چلا گیا۔"

"اوہ۔ گھر میں کسی رشتہ دار کے بچے تو ہوں گے۔"

"نہیں۔ ایک مدت سے میں اور ماں —— دو ساتھی —— تیسرا کوئی نہیں۔"

"تو آپ بچوں کو اتنا جلدی بہلا کیونکر لیتی ہیں؟"

"جی!"

"میرا مطلب۔ یہ آپ کا کہنا کتنی جلدی مان گئے۔"

"عورت جو ہوں۔ ان کے جذبات کی قدر تو ایک عورت ہی کر سکتی ہے۔ مرد نہیں!"

بھارت خاموش ہو کر چائے پینے لگا۔ آرتی نے بھی پیالہ لبوں سے لگایا اور چائے کا گھونٹ حلق میں انڈیل کر بولی۔

"لیکن اس میں آپ کا کیا قصور۔ قسمت میں ہی جو لکھا تھا۔ ان کی ممتا کا چھن جانا۔"

بھارت اس کی باتوں سے پریشان ہو گیا۔ اور یکا یک اٹھ بیٹھا۔ وہ بھی جلدی سے چائے پی کر اس کے ہمراہ اٹھی اور بولی ——"آپ دفتر کب جائیں گے"

"ابھی سیدھا جا رہا ہوں۔"

"مجھے کناٹ پیلیس تک جانا ہے۔ اپنے ہیڈ آفس۔"

"تو آئیے۔ جہاں کہئے گا۔ چھوڑ دوں گا۔"

آرتی بھارت کے ہمراہ باہر آگئی۔ بچے باغیچے میں کھیل کود رہے تھے۔ ڈیڈی کو جاتا دیکھ کر لپک کر اس کے گرد ہو گئے۔ اور وہ ان کو چومتی بھارت بابو کی موٹر گاڑی میں بیٹھ گئی۔ جب موٹر گاڑی پھاٹک سے باہر نکلی۔ تو اس نے سامنے لگے ہوئے آئینے میں سے جھانکا۔ دونوں کھڑے اسے بائی بائی کہہ رہے تھے۔

موٹر کار بڑھتی جا رہی تھی۔ اور دونوں خاموش تھے۔ آرتی من ہی من میں سوچ رہی تھی۔ کہ کیسے وہ تھوڑے ہی دنوں میں ان بچوں سے اس قدر قریب ہو گئی ہے۔ اتنا پیار۔ اتنا انس۔ کہیں اس کا بڑھتا ہوا یہ پیار ان کے ڈیڈی کو کسی غلط فہمی میں تو نہیں ڈال رہا۔ یہ سوچتے ہی وہ خوف زدہ ہو گئی۔ اس نے رخ بدل کر برابر بیٹھے بھارت کو دیکھا۔ جو چور نگاہوں سے اسی کی طرف دیکھ رہا تھا۔ آرتی کو رخ پلٹ کر دیکھتے ہی وہ جھینپ گیا۔ اور موٹر گاڑی کی رفتار تیز کر دی۔ آرتی نے غور سے اس کے چہرے کو پڑھنا شروع کیا۔ لمحہ بہ لمحہ بھارت کی پیشانی پر پسینہ بڑھ رہا تھا۔ آرتی نے محسوس کیا کہ وہ اس سے بھی زیادہ گھبرا رہا ہے۔ دونوں کے دلوں میں ایک سا ہی احساس تھا۔

آرتی نگاہیں ہٹا کر سڑک کے دونوں جانب بنی ہوئی دوکانوں کو دیکھنے لگی اور دونوں برابر خاموش بیٹھے رہے۔

# باب (۵)

سنٹرل جیل کے شفاخانے کے بیرونی برآمدے میں بھارت کھڑا ادھر ادھر ٹہل رہا تھا۔ وہ بے حد پریشان تھا۔ بار بار اس کی نگاہیں معمولی سی آہٹ پر بھی اٹھ جاتیں۔ جیسے ہی اسے چند لوگوں کے آنے کی آہٹ سنائی دی۔ وہ تیزی سے رخ بدل کر اس طرف بڑھا۔ سامنے ڈاکٹر۔ نرس اور اسلم چلے آرہے تھے۔

"کیوں ڈاکٹر۔ مریض کیسا ہے؟" —— اس نے بے ساختہ سوال کیا۔

"پلوریسی کا اٹیک ۔ گھبرانے کی کوئی بات نہیں۔ انجیکشن دیئے جا رہے ہیں"

"اگر کوئی دوا چاہیئے تو —— ؟"

"وقت آنے پر کہہ دیا جائے گا" —— اسلم نے بات کاٹ دی۔ بھارت اپنا سا منہ لے کر رُک گیا۔ ڈاکٹر اور نرس تو چلے گئے۔ لیکن اسلم اس کے سامنے بت بنا کھڑا رہا۔ جب بھارت نے نظریں اوپر اٹھائیں۔ تو اسلم بولا۔

"کوئی دوا —— جو یہاں نہ ملے۔ تم لا دو گے؟"

"ہاں اسلم قیمت کا خیال نہیں۔ اگر ضرورت ہو تو......"

"کملا بھابھی کی دوا ہے۔ وہ بچے ــــ!"

"اسلم ــــ" بھارت بلند آواز سے چلایا۔ اور کانپ کر رہ گیا۔ اسلم نے ہونٹوں پر پھیکی مسکراہٹ پھیلاتے ہوئے کہا۔

"ہاں دوست! وہ بچوں کے لئے بسک بسک کر مر جائے گی۔"

"تم مرنے دو اُسے۔ تمہیں کیا؟" ــــ وہ غصے میں جھنجلایا۔

"اپنا دل پتھر کا بنا لوگے۔ تو زندگی کیوں کر کٹے گی؟"

"جوں توں کر کے کٹ جائے گی۔"

"میری ایک بات مانو گے؟" ــــ اسلم نے چند لمحے بعد حلیمی سے پوچھا۔

"کہو"

"انیتا اور راتل کی تصویر تو دے دو۔ اسے ہی دیکھ کر دل بہلا لے گی۔"

"نہیں اسلم۔ اس کا دل نہ بہلے گا۔ بلکہ ان کو ہر وقت سامنے دیکھ کر وہ پریشان ہوگی۔"

"کیا کہتے ہو۔ تصویر نہ بھی ہو تو کیا ایک ماں بچوں کی چھبی اپنے تصورات سے مٹا سکتی ہے۔ اس کے دل سے ماتا کا خون ٹپکنا کیا بند ہو جاتا ہے؟ بولو ــــ!"

"کاش اس کے دل میں لہو ہوتا۔ وہاں تو زہر بہے گا۔"

اسلم نے کوئی جواب نہ دیا۔ آج برسوں سے جو آگ بھارت کے سینے میں سلگ رہی تھی۔ اس کی آنچ ابھی تک موجود تھی۔ اُسے ابھی تک کملا کا گناہ نہ بھولا تھا۔ اور اگر بھارت کے دل میں اس کے لئے جگہ نہ ہوئی۔ تو بار بار اس کی ضمیر کو ٹھوکر لگانے سے بھی کوئی فائدہ نہ تھا۔ اسلم نے قصہ بند کیا اور دوست کو

ہمراہ لئے اپنے دفتر کو روانہ ہوا۔

اسی شام کو جب بھارت گھر پہنچا۔ تو ایک عورت ادھیڑ عمر کی اس کا انتظار کر رہی تھی۔ اس کے ہاتھ میں ایک خط تھا۔ جو گھر کے مالک کو دیکھتے ہی اس نے پیش کر دیا۔ بھارت نے سرسری نگاہ سے اسے ایک بار دیکھا۔ اور پھر اس رقعے کو پڑھنے لگا۔ جو اسی کے نام تھا۔ وہ رقعہ آرتی کا تھا۔ اس نے بچوں کے لئے ایک گورنس کا انتظام کر دیا تھا۔ اور اسے تنخواہ۔۔۔ وغیرہ کا فیصلہ کر لینے کو لکھا تھا۔ رقعہ پڑھنے کے بعد اس نے غور سے اس عورت کو دیکھا۔ وہ اپنے میلے ہونٹوں پر پھیکی سی مسکان لے آئی۔ بال آدھے کالے اور آدھے سفید۔ پکی صورت۔ گٹھا ہوا جسم وہ لباس سے عیسائی معلوم ہوتی تھی۔ اسے دیکھ کر بھارت کے دماغ میں ایک ہی خیال آیا۔ نہ بوڑھی نہ جوان دونوں کا مکسچر۔ آرتی نے کافی سوچ بچار کے بعد اسے چنا ہوگا۔ کتنا خیال رکھتی ہے۔ وہ ان سب کا۔ وہ تصورات کی رو میں بہتا ہوا آرتی کے بارے میں ہی سوچتا رہا۔ وہ یہ بھول ہی گیا کہ عورت کب کی اس کے سامنے کھڑی تھی۔

اچانک اس کے خیال کے تانتے کو اس عورت کی آواز نے کاٹا ——— جو ٹیلیفون کی طرف اشارہ کر کے کہہ رہی تھی ——— "ٹیلیفون صاحب!" وہ چونک گیا۔ اور پھر سنبھلا۔ ٹیلیفون کی گھنٹی بج رہی تھی۔ وہ جلدی اس جانب بڑھا۔ اور لپک کر رسیور اٹھا لیا ٹیلیفون پر دوسری طرف آرتی تھی۔ جو اس سے اسی گورنس کے متعلق پوچھ رہی تھی۔ بھارت نے بتلایا۔ کہ وہ ابھی ابھی گھر لوٹا تھا۔ اور اس سے بات کرنے ہی والا تھا۔ کہ ٹیلیفون آگیا۔ چند لمحے بات چیت کے بعد وہ رسیور رکھ کر پھر اس عورت کے پاس آیا۔

"تمہارا نام؟" ——— اس نے بے ساختہ سوال کیا۔

"لائینل ایس ایس - ایڈالفس" LIONEL S. S. ADALPHIS

"یہ نام تمہارا ہے یا تمہارے پتی کا بھی"

"نو سر۔ ہم ابھی ورجن ہے"

"اوہ - آئی سی - تمہاری عمر؟"

"تھرٹی سر - ۳۰ برس کا"

"پہلے کبھی بچوں کو سنبھالنے کا کام کیا؟"

"یس سر ایک یورپین فیملی سر - ابھی لندن چلا گیا - دس سال کیا یہ دیکھیئے اپنا سرٹیفکیٹ ——— !" اس نے فوراً اپنے بیگ کو کھولا - اور اس میں سے چند سرٹیفکیٹ نکال کر بھارت کو دکھلانے لگی - بھارت نے ان کا معائنہ کیا - اور بولا -

"سات روز کے ٹرائل کے بعد ——— PAY سیٹل کر لے گا"

اور اسے بچوں کے کمرے میں لے گیا - نوکر سے کہہ دیا کہ اس کو گھر کے نظام اور بچوں کے بارے میں سب کچھ بتلا دے - انیتا اور انل پڑوس کے بچوں کے ساتھ کھیل رہے تھے - بھارت نے انہیں گھر بلوایا اور خود اپنے تھکے ہوئے جسم کو صوفے پر گرا دیا۔ سگریٹ کیس سے سگریٹ نکال کر سلگایا - اور آرام کے سانس کھینچنے لگا - آرتی نے جب سے اسے کہا تھا - وہ بچوں کے بارے میں ویسا ہی سوچنے لگا تھا - اس نے فیصلہ کر لیا تھا - کہ اب وہ بچوں کو اپنے سے جدا نہ کرے گا - اور انہیں سوئٹزرلینڈ نہ بھیجے گا - اسی لئے اس نے ان کا نام وہاں سے خارج کروا کر انہیں دلی میں داخل کرانے کا فیصلہ کر لیا تھا وہ صوفے پر آرام سے لیٹا انہیں کے بارے میں سوچ رہا تھا کہ دونوں بچوں نے باہر سے آکر اسے گھیر لیا - اور ڈیڈی ڈیڈی کہتے ہوئے اس سے لپٹ گئے

اسے آج محسوس ہوا کہ گھر کی حقیقی خوشی اور رونق بچے ہی ہیں۔ جب سے وہ آئے تھے۔ وہ سر شام وقت پر گھر چلا آتا۔ آدھی آدھی رات کو آنا بند ہو گیا تھا اعلیٰ اور قیمتی فرنیچر سے سجی وہ کوٹھی پہلے اسے کھانے کو دوڑتی اس کی ہر ساکن شے اسے کھاتی تھی۔ لیکن آج گھر اسے یوں لگتا تھا۔ جیسے رونق اور سرتوں سے پُر ہو گیا ہو۔ بچوں کو گود میں لئے وہ یہ ہی باتیں محسوس کرتا رہا۔ اور اُسے یہ بھی پتہ نہ چلا کہ وہ بچے اس سے اس اثنا میں کیا کیا فرمائش کر گئے تھے۔

دوسرے دن اس نے آرتی کو کلب میں دعوت دی۔ پہلے تو آرتی نے انکار کر دیا۔ لیکن جب بھارت نے بے حد اصرار کیا۔ تو وہ مجبوراً یہ دعوت نامہ قبول کر بیٹھی۔ اور ٹیلیفون پر ہی پوچھنے لگی "یہ دعوت کس خوشی میں ہو رہی ہے؟"۔ ۔ بھارت نے اتنا ہی کہا ـــــ "یہ ملاقات پر ہی بتاؤں گا۔"

اسی شام آرتی روشن آرا کلب میں آ پہنچی۔ بھارت اس کا انتظار کر رہا تھا۔ اور وہ اسے ڈھونڈ رہی تھی۔ دائیں بائیں نگاہیں دوڑانے کے بعد جب وہ اسے کہیں نظر نہ آیا تو وہ کلب ہال کے صدر دروازے پر آ رکی اور آنے والے لوگوں کو دیکھنے لگی۔ آج وہ اپنے خوشنما لباس میں تھی۔ اور سب آنے جانے والے کی نگاہ اسی سے جا ملتی۔ وہ ہر کسی کی اٹھتی نظر دیکھ کر جھینپ جاتی۔ اور اپنے آپ کو تنہا پا کر اسے کوفت سی ہونے لگی۔ وہ سیڑھیاں چھوڑ کر گھاس میدان میں آ اتر آئی۔ اور دھندلی روشنی میں ٹہلنے لگی۔

ابھی اس نے چند قدم ہی اٹھائے تھے کہ وہ چونک کر رک گئی۔ سامنے آرام کرسی پر بھارت بیٹھا ہوا سگرٹ کے کش کھینچ رہا تھا۔ آرتی کو دیکھتے ہی سگرٹ بجھاتے ہوئے وہ اٹھا۔ اور لپک کر اس کا سواگت کرتے ہوئے بولا "ہیلو۔۔۔! میں کب سے آپ کی راہ دیکھ رہا ہوں۔"

"اور میں کب سے آپ کو ڈھونڈ رہی ہوں۔ مجھے کیا معلوم آپ یہاں ہونگے"
"بھیڑ سے مجھے کچھ لگاؤ نہیں۔"
"تو ملاقات کے لئے کلب کیوں چنا۔ کہیں اور جا کر کھا لیتے۔"
"یہ جگہ پسند نہ ہو تو کہیں اور چلیں۔"
"مجھے کوئی فرق نہیں پڑتا—— بھیڑ ہو یا ویرانی"—— آرتی نے ایک خاص انداز سے کہا۔ اور کرسی کھینچ کر وہیں بیٹھ گئی۔ بھارت بھی اپنی نشست پر دوبارہ بیٹھ گیا۔

"جگہ تو یہ بھی بری نہیں۔ چاروں طرف سبزہ زار اور یہ ہوا کے سرد جھونکے کافی دلفریب ہیں——" آرتی نے اپنے ارد گرد دور تک ان گھاس پلاٹوں کو نگاہوں سے ناپتے ہوئے کہا۔ اور آرام کرسی پر اپنا سر ٹکاتے ہوئے—— ان جھونکوں کے لمس کا لطف لینے لگی۔ لہراتی ہوئی زلفوں نے جب اس کے گالوں کو چومنا شروع کیا تو بھارت کے دل میں گدگداہٹ سی ہونے لگی۔ اسے یوں لگا۔ جیسے وہ بال اس کی گالوں کو نہیں بلکہ اس کے دل کو چھو کر اڑ جاتے ہیں وہ چند لمحے ساکن ہوا یہی دیکھتا رہا۔ اور پھر آرتی کے سوال پر بے ساختہ چونک گیا۔ وہ اس سے پوچھ رہی تھی۔

"انل اور انیتا کیسے ہیں"
"ٹھیک ہیں۔ اور ہاں اس گورنس کا شکریہ ادا کرنا تو بھول گیا۔"
"وہ تو ماں نے بھیجی ہے—— ہے کیسی ؟"
"بری نہیں!"
"جی"
"میرا مطلب ٹھیک ہے۔ نہ جوان نہ بوڑھی—— بھارت نے یہ بات

جیسے ہی کہی۔ آرتی کی ہنسی چھوٹ گئی۔ باریک ٹمرلی آواز درختوں کی ٹہنیوں کے ساتھ ٹکرا کر لوٹ آئی۔ اور پھر دونوں خاموش ہو گئے۔ بیرا آیا تو آرتی نے اپنے لئے پائن ایپل کے لئے کہا۔ اور بھارت نے قدرے بلند آواز میں کہا۔

"سادہ سوڈا۔"

جب بیرا چلا گیا تو بھارت نے رخ پلٹ کر آرتی کو دیکھا۔ وہ اسے ٹکٹکی باندھے گھور رہی تھی۔ وہ جھینپ کر سنبھلا اور بولا۔

"کیا دیکھ رہی ہیں؟"

"آپ کو ــــــ" وہ لاپرواہی سے بولی۔ اور اپنی کمر سیدھی کرکے بالمقابل آگئی۔ اور اسے خاموش دیکھ کر پھر بولی ــــ "آپ صورت سے تو اتنے روکھے نظر نہیں آتے۔"

"کیسے؟" وہ حیران ہو کر بے ساختہ بولا۔

"کھارا سوڈا تو وہی لوگ پیتے ہیں ــــــ" وہ جلیبی سے بولی۔ اور اس پر دونوں کی ہنسی چھوٹ گئی۔

بیرا دونوں کے پینے کے لئے گلاس میز پر رکھ گیا۔ اور جب دونوں نے اپنا اپنا گلاس اٹھایا۔ تو بھارت نے سوڈے کا گلاس نیچے رکھتے ہوئے کہا "آپ کو سوڈا پسند نہیں تو کچھ اور منگواؤں!"

"تو لائیے دونوں کو مکس کرلیں ــــ" آرتی نے یہ کہتے ہی سوڈا اور پائن ایپل مکس کر لیا۔ دونوں کے میل سے نئی رنگ بن گئی اور دونوں پینے لگے۔ چند لمحے کی خاموشی کو توڑتے ہوئے بھارت نے پوچھا۔

"آپ تو جب دلی لوٹتی ہوں گی۔ تو ہر چیز بے رونق معلوم ہوتی ہوگی۔"

"کیوں؟" ــــ اس نے ہونٹوں سے گلاس ہٹا کر بے ساختہ پوچھا۔

"دنیا کے بڑے بڑے شہر ـــــ عجیب و غریب مقام ـــــ دلکش اور دلفریب نظارے۔ ان سب کے بعد یہ ہندوستان کیا لگتا ہوگا؟"

"سچ کہوں!"

"ہوں"

"لگتا ہے۔ جنت میں لوٹ آئی ہوں۔"

"تو کیا؟"

"یہاں کی ہوا ہی کچھ اور ہے" ـــــ آرتی نے فوراً کاٹ دیا اور کسی خیال سے لطف اندوز ہوتے ہوئے پھر کہنے لگی ـــــ "سب کچھ اپنا لگتا ہے۔ دل و دماغ کو ایک سکون سا میسر ہونے لگتا ہے۔ سچ پوچھو تو دل کی دھڑکن بھی ہند کی حد میں پہنچتے ہی یوں دھڑکنے لگتی ہے۔ جیسے کسی پرندے کو پنجرے سے نکال کر اچانک آزاد کر دیا ہو۔"

"اوہ۔ خیالات تو کافی شاعرانہ ہیں"

"یوں تو زندگی بھی چند اشعار کا ایک مجموعہ ہے۔ بھارت جی! کچھ دل کو بہلاتے ہیں تو کچھ رلاتے ہیں۔"

"اور ان میں سے چند ایسے بھی ہوتے ہیں۔ جو دل پر نشتر چلا کر چلے جاتے ہیں۔"

بھارت آرتی کی بات کا توازن رکھتے ہوئے بولا۔

آرتی نے اس کا جواب سنتے ہی رُخ بدلا۔ اور غور سے اس کے چہرے کو پڑھنے لگی۔ اس کا یہ انداز دیکھ کر بھارت قدرے جھینپ گیا۔ اور تیز تیز گھونٹ سوڈا پینے لگا۔ وہ مسکرا دی اور بولی ـــــ "خوب! نشتر کی بھی پہچان رکھتے ہیں آپ!"

وہ خاموش ہو گیا۔ تو پھر بولی۔

"ایسا لگتا تو نہیں۔ آپ کی زندگی کو خلشوں نے گھیرا ہو ــــ یہ آرام یہ دولت اور نام ــــ اولاد کا سُکھ۔ کس چیز کی کمی ہے۔ جو آپ......"

آرتی کہتے کہتے رُک گئی اور بھارت کے چہرے پر غور کرنے لگی۔ جو سنجیدہ ہو کر ایک بھیانک رنگ اختیار کر گیا تھا۔ اسے اپنی بات پر افسوس ہونے لگا۔ وہ جذبات میں آ کر نہ جانے کیا کہتی جا رہی تھی۔ اس نے گھبراہٹ سے چھوٹتے ہوئے پسینے کو جب بھارت کی پیشانی پر دیکھا۔ تو خالی گلاس میز پر رکھ کر وہ آہستگی سے بولی۔

"آئی۔ ایم۔ ساری۔"

بھارت نے چونک کر آرتی کی آنکھوں میں جھانکا۔

"نہ جانے کیا کہہ گئی۔ آپ بُرا تو نہیں مان گئے۔"

"نہیں تو ــــ! اور آپ نے جھوٹ ہی کیا کہا ہے۔ زندگی کا کون سا آرام ہے۔ جو بھگوان نے مجھے نہیں دیا۔ لیکن آرتی....."

وہ کہتے ہی چند لمحوں کے لئے رُک گیا۔ آرتی نے سوالیہ انداز سے اسے دیکھا۔

"ان سب آسائشوں کے ہوتے ہوئے بھی کبھی کبھی دل کا سکون نہیں ملتا۔"

اسی وقت بیرا آیا اور دو کھانوں کا آرڈر لے کر چلا گیا۔ جو بحث چل رہی تھی۔ وہ چند لمحوں کے لئے رُک گئی۔ دونوں سوچ رہے تھے کہ چند لمحے زندگی کے تفکرات سے آزاد ہو کر وہ کلب آئے تھے۔ اور کیا سنجیدہ مسئلے لے کر بیٹھ گئے ہیں۔

چند منٹوں کی خاموشی کو توڑتے ہوئے بھارت نے سوال کیا۔

"بیٹھی کیا سوچ رہی ہو؟"

"ایک ہی بات........"

"کیا؟"

"بُرا نہ مانئے تو کہہ دوں!"

"کہو"

"اس دل کا سکون چاہیئے تو فوراً شادی کر لیجئے۔"

آرتی کی بات اچانک بھارت کو یوں لگی۔ جیسے کسی نے تیز کانٹا سینے پر چلا دی ہو۔ دل میں ایک ہوک اُٹھی اور وہ ضبط کر کے رہ گیا۔ آرتی بھی کہہ کر لرزش میں آگئی۔ اور بھارت کے سنجیدہ چہرے کو دیکھ کر جھینپ گئی۔ اور وہ کسی سوچ میں غرق ہو گیا اور آرتی بھی۔

ممکن ہے اسے اپنی بیوی یاد آگئی ہو۔ یا اُسے وہ وعدہ جو اس نے مرتے وقت بیوی سے آخری بار کیا تھا۔ زندگی بھر کسی اور کو نہ اپنائے گا۔ وہ بچوں کی زندگی کے لئے کبھی شادی نہ کرے گا۔ آرتی کچھ ایسی ہی باتیں سوچ رہی تھی۔ کہ وہ چونک کر اپنے آپ میں آیا۔ اور آرتی کو پریشان دیکھ کر بولا۔

"آرتی! تم ٹھیک کہتی ہو۔"

"کیا؟" ـــــ وہ حیرت سے بے ساختہ پوچھ بیٹھی۔

"مجھے فوراً شادی کر لینی چاہیئے۔"

آرتی اس کی بات سنتے ہی کھل گئی۔ اور اس کی پیشانی کی لکیروں کو ڈھیلا ہوتے دیکھ کر فوراً کہہ بیٹھی۔

"تو دیر کیا ہے؟"

"لڑکی کی۔ سوچتا ہوں۔ کوئی اچھی لڑکی ایک رنڈوے سے ناطہ کیونکر جوڑے گی۔"

"کوشش کیجیے —— دولت۔ عزت اور بھگوان جو بھی دیئے، نہ بارائے شکل و صورت۔ کوئی بھی کمی نہیں۔ جو کوئی انکار کر سکے۔"

"لیکن مجھے وہ چاہیئے جو ان پر فریفتہ نہ ہو۔ بلکہ ایک ہمدرد دل پہلو میں رکھتی ہو" —— وہ کہتے کہتے رک گیا۔ اور آرتی کے چہرے کو دیکھنے لگا۔ جو اس کی آنکھوں میں جھانک رہی تھی۔ نظریں ٹکراتے ہی اس نے رخ بدل لیا اور بیرے کو دیکھنے لگی۔ جو میز پر کھانا لگا رہا تھا۔ جیسے ہی وہ کھانا لگا کر چلا گیا۔ بھارت لاپرواہی سے بولا۔

"ابھی چھوڑیئے اس چکر کو۔ آیئے کھانا کھائیں۔"

"اوہ ——!" آرتی نے نیپکن بچھاتے ہوئے کہا۔ اور پھر بولی......

"خیال آپ کا غلط نہیں۔ ہمدرد دل نہ ملا۔ تو زندگی جہنم بن کر رہ جائے گی اور پھر وہ بچوں کو اپنا نہ سکی۔ تو ان کی زندگی بھی تباہ ہو جانے کا خطرہ ہے۔"

"اب آیا خیال شریف میں! اسی لیے کبھی اس بارے میں سوچتا نہیں ہوں۔ جو آئے گی۔ ایک ہمدرد دل لے کر نہیں بلکہ دولت اور عیش و آرام کی خاطر۔"

"اور کوئی ہمدرد دل مل گئی تو —— ؟"

"تو فوراً شادی۔ خیر شادی کرنے سے پہلے آپ کا مشورہ ضرور لے لوں گا۔"

بھارت کی بات پر وہ بے اختیار ہنس دی۔ اور پھر دونوں ہنسنے لگے۔ بھوک اور خوشی ایک ساتھ میسر کب ہوتی ہے۔ اور آج رات دونوں نعمتیں موجود تھیں۔ دونوں کھانے پر ڈٹ گئے۔

جب آرتی گھر لوٹی۔ تو رات کے ۱۲ بجنے کو تھے۔ وہ گھر کی سیڑھیوں میں کھڑی بھارت کو باۓ باۓ کہہ رہی تھی۔ اور وہ گلی میں موٹر گھما کر لوٹ رہا تھا۔ وہ آج کی تفریح کے بعد بے حد خوش تھی۔ اور اس کے دماغ میں بار بار بھارت کے ..................

کہے ہوئے الفاظ چوٹیں لگا رہے تھے۔ جو ۲ دو بچوں کا باپ ہوتے ہوئے بھی خود بچوں کی مانند بات کرتا ہے۔

آرتی یکایک چونک گئی اور گھوم کر ماں کو دیکھنے لگی۔ جو دروازہ کھول کر چپکے سے اس کے پیچھے آ ٹھہری تھی۔ وہ ماں کو دیکھتے ہی اس سے لپٹ گئی ماں اس کے سر پر شفقت سے ہاتھ پھیرتے ہوئے پوچھنے لگی ۔۔ "کون تھا؟"

"مسٹر بھارت۔ آج کھانے پر انہیں نے بلوایا تھا۔"

"آرتی!"

"ہوں"

"ذرا دیکھ بھال کر مردوں کی صحبت میں بیٹھا کر۔ کہیں ......"

"نہیں ماں۔ وہ ایسے نہیں ۔۔۔ اور ہاں کل وہ اپنے بچوں کے ساتھ آ رہے ہیں۔ شام کو چاۓ پر۔ تمہیں بھی ملواؤنگی۔"

ماں چپ ہو گئی۔ اور بیٹی کا سہارا لئے سیڑھیاں چڑھ گئی۔ سیڑھیوں کے اندھیرے اور خاموشی میں اس نے بیٹی کے دل کی دھڑکن سنی۔ جو آج کسی نامعلوم خوشی سے اچھل رہا تھا۔

# باب (۶)

آج بھارت کو بچوں کے ہمراہ چائے پر آنا تھا۔ آرتی کو صبح سے اس وقت کا انتظار تھا۔ آج وہ بوڑھی ماں کے ساتھ لگی ہوئی اپنے گھر کی صفائی کر رہی تھی۔ چائے کے لئے اچھی اچھی چیزیں بنوا رہی تھی۔ آج وہ پہلی بار ان کے گھر آ رہا تھا۔

وہ بار بار اپنے گھر کا غور سے جائزہ لینے لگی۔ بھارت کی خوشنما کوٹھی کے مقابلے میں وہ چھوٹا سا مکان کوئی وقعت نہ رکھتا تھا۔ کبھی تو وہ یہ سوچنے لگتی بھارت اسے اس معمولی سے مکان میں رہتے دیکھ کر کیا سوچے گا وہ کسی معمولی گھر کی لڑکی ہے۔ اور اپنی خیالی دنیا کے سہارے جی رہی ہے۔ لیکن کسی سے حقیقت چھپانے سے کیا۔ اس میں کیا شک ہے۔ کبھی وہ بھی امیر تھے۔ لیکن سر پر کسی مرد کا سہارا نہ رہنے کے بعد ان کی حالت خستہ ہو گئی۔ اور اگر وہ تعلیم پا کر نوکری نہ کر لیتی تو ان کی زندگی جہنم بن کر رہ جاتی۔ وہ آج عجیب و غریب باتیں سوچ رہی تھی۔ ایسی باتیں آج تک اس کے دماغ میں

کبھی نہ آئی تھیں۔ نہ جانے کیوں جب سے اس نے بھارت کو دیکھا تھا۔ اُسے یہ احساس کیوں ہوتا جا رہا تھا کہ وہ اس کے نزدیک ہوتی جا رہی ہے۔ اور کہیں کسی روز اس کی زندگی میں نہ چلی جائے۔ یہ الگ الگ راہ رو ہمراہی نہ بن جائیں۔

یہ خیال آتے ہی وہ کپکپا گئی۔ وہ کیا سوچ بیٹھی ہے؟ اسے تو زندگی بھر شادی نہیں کرنی۔ اور یہ بات اس نے نوکری لیتے وقت اپنی کمپنی کو بھی لکھ کر دی تھی۔ شادی کے فوراً بعد اسے نوکری سے استعفےٰ دینا ہوگا۔ وہ کسی کا گھر بسانے کے لئے اپنا مستقبل۔ یہ شان و شوکت اور اپنی بوڑھی ماں کا سہارا نہیں چھین سکتی۔ وہ اپنی خودداری کے لئے کسی کی زندگی تباہ نہیں کر سکتی۔ وہ پاگلوں کی طرح کیا سوچ رہی ہے۔ یہ سوچتے ہی اپنے آپ پر ہنسی آگئی۔ اور وہ بے اختیار ہنسنے لگی۔ یکایک وہ خود ہی جھینپ گئی۔ سامنے صدر داخلے میں انل اور انیتا کھڑے تھے۔ ان کے ہمراہ ان کی گورنس تھی۔

وہ لپک کر بڑھی اور دونوں کو ایک ساتھ بازوؤں میں لے لیا۔ نگاہوں کو گھما کر اس نے سامنے دیکھا۔ بھارت کو کہیں نہ دیکھ کر اس نے بے ساختہ بچوں سے پوچھا۔

"ڈیڈی کہاں ہیں؟"

"وہ نہیں آئے" ـــــ انیتا نے مسکرا کر جواب دیا۔ انیتا کا جواب اس کے دماغ میں آتے ہی دل پر ایک چوٹ سی لگی۔ مایوسی سی ہوئی۔ اور وہ سوالیہ نگاہوں سے بچوں کو دیکھنے لگی۔ اگلے سوال سے پہلے ہی گورنس نے کہا۔

"صاحب کسی ضروری کام سے رُک گئے۔ کہہ رہے تھے، رات کو بچوں کو لیتا جاؤں گا۔ نو بجے۔"

آرتی کو یوں لگا۔ جیسے اس کی امیدوں پر کسی نے پل بھر میں پانی پھیر دیا ہو اور وہ یہ بھی نہ سوچ سکی کہ یہ ہوا کیونکر؟ وہ گم سُم ہو کر سوچتی رہی۔ اور جب بچوں کی موجودگی نے اُسے چونکا دیا۔ تو وہ دونوں کو اندر لے آئی۔ اپنی ماں سے دونوں کی ملاقات کرائی۔ ماں نے جب یہ سنا کہ بھارت نہیں آیا۔ تو اسے بھی مایوسی ہوئی۔ لیکن بیٹی کے دل کی کیفیت ناپتے ہوئے اس نے زیادہ چھان بین کرنا مناسب نہ سمجھا۔ اور بچوں کو لے کر اِدھر اُدھر کی باتوں میں لگ گئی۔

بچوں نے سوالات کی بوچھاڑ کر دی۔ دیدی کے مکان کو چاروں طرف سے گھوم کر دیکھ لیا۔ اس کے کھلونوں کی سجی ہوئی الماری کو دیکھ کر تو وہ دیوانے ہی ہو گئے۔ اور عجیب و غریب کھلونوں سے اپنا دل بہلانے لگے اس کے بعد سب نے بیٹھ کر چائے پی۔ اور پھر آرتی رات کے کھانے تک ان کا دل بہلاتی رہی۔ لیکن اس کا اپنا دل بہلانے والا نہ آیا تھا۔

رات کے نو بجنے میں ابھی آدھ گھنٹہ باقی تھا۔ یکایک اس کے خیال میں آیا کہ وہ بھی کیوں نہ بھارت کو نا امید کر دے۔ جب وہ رات کو بچوں کو لینے آئے تو اس کی ملاقات اس سے نہ ہو۔ اور وہ مایوس ہو کر لوٹ جائے ممکن ہے یہ مایوسی تمام رات اُسے بے چین بنا دے۔ اور وہ اپنے دل کی کیفیت سے کسی دوسرے کے دل کی کیفیت بھی ناپ سکے۔ پھر وہ یکایک یہ سوچ کر رک گئی۔ وہ کیوں بے چین رہے گا؟ اگر اسے اس سے ذرا بھی رغبت ہوتی۔ تو وہ شام کو ملنے دوڑا آتا۔ وہ دماغ میں ہر پہلو بسائے سوچے

جارہی تھی۔ کہ اچانک پہلے خیال نے دوسرے کو دبا دیا۔ اور وہ لپک کر ماں کے پاس جا پہنچی اور بے ساختہ پکارا۔

"ماں؟"

"کیا ہے آرتی؟"

"دیکھو ماں! میں ذرا اسمرتی کے ہاں جارہی ہوں۔"

"کیوں؟"

"اُسے دوروز سے بخار آرہا ہے۔ اور میں پوچھنے بھی نہیں گئی۔"

"لیکن بھارت آتا ہوگا۔"

"ماں ان کا کیا بھروسہ۔ شاید نہ آئیں۔ اور ہاں بچوں کو کھانا کھلا دینا"

"اگر وہ آگیا تو......؟"

"تو کہنا۔ مجبوری تھی۔ دیر سے لوٹے گی۔ وہ بچوں کو لے جاسکتے ہیں۔"

ماں ابھی آرتی کا یہ انوکھا انداز جانچ بھی نہ پائی تھی۔ کہ وہ اپنا سویٹر اُٹھا کر تیزی سے باہر نکل گئی۔ اس کے دل میں غصے کے ساتھ ساتھ ایک تسلی بھی تھی۔ ایک سکون بھی تھا۔ کہ وہ ناامید ہو کر لوٹے گا۔ تو اس کے دل کو ضرور ٹھیس لگے گی۔ وہ اسی خیال میں تیزی سے اپنے مکان کی سیڑھیاں اتر گئی۔

ابھی وہ آخری سیڑھی چھوڑ کر سڑک پر اتری ہی تھی کہ چونک کر رک گئی اور بت بنی اس شخص کو دیکھنے لگی جو ان کے مکان کے باہر موٹر گاڑی روک کر ابھی ابھی کار سے باہر نکلا تھا۔ یہ بھارت تھا۔ جو فوراً لپک کر اس کے سامنے آگیا۔ اور وہ بت بنی اسے دیکھتی ہی رہ گئی۔

"آرتی"

"اوہ" ——— وہ یکایک جیسے نیند سے جاگ گئی ہو ——— "آپ

آگئے؟"

"آئی ایم ساری - آرتی! میں وقت پر نہ آسکا۔"

"آپ تو وقت سے پہلے آگئے ہیں ——— وہ طنزاً بولی اور جھٹ کلائی پر بندھی ہوئی گھڑی کو دیکھتے بولی - "ابھی تو نو بجنے میں ۲ منٹ باقی ہیں۔"

بھارت غور سے اس کے چہرے کو دیکھنے لگا۔ وہ اپنے دل کی کیفیت اس سے چھپا نہ سکی۔ وہ خاموشی ہی میں سب کچھ پڑھ گیا۔ اور قریب ہوتے ہی بے اختیار ہنس پڑا۔ آرتی حیران ہو کر اس کے چہرے کو دیکھنے لگی اور وہ موٹر گاڑی کی تالی انگلی پر نچاتے ہوئے بولا۔

"تم میرے نہ آنے سے اتنا پریشان بھی ہو سکتی ہو۔ یہ میں آج ہی جان پایا۔"

"میں" ——— اس نے ہنستے ہوئے منہ موڑ کر کہا ——— "میں کیوں پریشان ہوتی۔"

"میں کیا جانوں؟ یہ تو تمہارے دل کی کیفیت سے پتہ چل رہا ہے۔"

"کیا؟"

"تم پریشان ہو۔ دیکھو نا کتنے زور سے دل دھڑک رہا ہے۔ آواز یہاں تک آرہی ہے"

آرتی نے آہستہ آہستہ منہ پھیر کر بھارت کو ٹیڑھی نظر سے دیکھا۔ وہ مسکرا رہا تھا۔ اس کی آنکھوں اور چہرے سے یہ ہی پتہ چلتا تھا۔ جیسے اس نے آج دو ایک پیگ وسکی لے رکھی ہو۔ اسی لئے آج وہ اس سے بنا کسی جھجک کے پیش آرہا تھا۔ آج سے پہلے وہ کبھی ایسی فراخدلی سے پیش

نہ آیا تھا۔ وہ سوچ ہی رہی تھی کہ اس نے سوال کر دیا۔

"کہیں جانے کا ارادہ ہے؟"

"جی نہیں تو۔ آپ کو دیکھنے نکل آئی۔"

"تو چلئے۔ ہم حاضر ہو گئے۔"

آرتی ان اندھیری سیڑھیوں کو عبور کرنے لگی۔ تو اُسے خوف لگنے لگا۔ بھارت سرور میں ہے۔ کہیں کوئی گستاخی نہ کر بیٹھے۔ یہ سوچ کر وہ کانپنے لگی اور اپنی کپکپی پر قابو کئے تیزی سے اوپر چڑھ گئی۔ اندر سے آتے ہوئے اُجالے کی کرنوں کو چھوتے ہی اُسے قدرے تسلی ہوئی۔ اور وہ کواڑ کھول کر اندر آ گئی بھارت بھی بنا کسی جھجک کے اندر آ گیا۔

بچے ڈیڈی کو دیکھتے ہی دیوانے ہو گئے۔ اور بے ساختہ کھانا کھاتے کھاتے اٹھ کر ڈیڈی سے چپک گئے۔ شور سن کر آرتی کی ماں بھی رسوئی گھر کے باہر آ گئی۔ بھارت اسے دیکھتے ہی سنبھل گیا۔ اور ہاتھ باندھ کر نمسکار کرنے لگا آرتی نے لپک کر دونوں کا تعارف کرایا۔ اور سب وہاں سے اندر دوسری کمرے میں چلے گئے۔

اِدھر اُدھر کی باتیں ہونے لگیں۔ آرتی نے جب ماں کو بھارت سے زیادہ گھل مل کر باتیں کرتے سُنا۔ تو دل میں گدگداہٹ سی ہونے لگی۔ بھارت کی باتوں کا ماں پر کیا اثر ہے۔ وہ ماں کے چہرے سے اس کے دل کی کیفیت کا جائزہ لئے جا رہی تھی۔ بھارت کے آنے سے پہلے اس نے ماں کے سامنے اس کی تعریفوں کے پُل باندھ رکھے تھے۔ وہ یہ جاننا چاہتی تھی کہیں اس کی کسی بات کا ماں پر اُلٹا اثر تو نہیں ہو رہا۔ لیکن جب وہ اس کے چہرے کو غور سے دیکھ رہی تھی۔ تو اس کے دل کو تسلی ہوتی جا رہی تھی۔

لاتسک کے کھانے کے بعد کافی بنی اور کافی سے فارغ ہوتے ہوتے رات کے گیارہ بج گئے۔ وہ کھانے کی میز پر بیٹھے خوش گپیاں لگاتے رہے اور جب قریب کی پولیس چوکی نے وقت کی آگاہی گھڑیال سے دی۔ تو بھارت نے جانے کی اجازت طلب کی۔ ماں نے اس کی آمد کا شکریہ ادا کیا۔ اور التجا بھی کی کہ وہ بچوں کیلئے کبھی کبھار یہاں آتا رہے۔ بھارت نے اثبات میں سر ہلا دیا۔ اور جانے کو اٹھا۔

بچے سو چکے تھے۔ اس لئے انہیں اٹھا کر نیچے لے جانا پڑا۔ انیتا کو گورنس نے اٹھا لیا۔ اور انل کو جونہی بھارت نے اٹھانا چاہا۔ آرتی نے لپک کر اسے تھام لیا۔ دونوں کے جسم آپس میں ٹکرا گئے۔ اور وہ جھینپ کر الگ ہو گئے

"لائیے۔ میں چھوڑ آؤں۔" —— آرتی نے انل کو نیند میں اٹھاتے ہوئے کہا۔

"آپ کیوں تکلیف......"

"تکلیف کیسی؟" —— اس نے بھارت کی بات کو کاٹ دیا۔ اور انل کو لے کر سیڑھیوں کی جانب روانہ ہوئی بھارت بھی ساتھ ہو لیا۔ وہ خاموشی کو کاٹتے ہوئے پھر بولی —— "اور پھر آپ کو ان اندھیری سیڑھیوں سے اترنے کی عادت بھی تو نہیں کہیں پاؤں پھسل گیا تو؟"

"دو چار بار آؤں گا تو عادت ہو جائے گی۔" وہ فوراً بولا۔ اور آرتی کے چپ ہونے پر اس نے پھر سوال کیا —— "اس میں بتی کیوں نہیں لگوا لیتیں؟"

"کتنی بار لگوائی لیکن محلے کے شیطان نیچے بلب اتار کر لے جاتے ہیں۔"

"اوہ تب تو یہ اندھیرا ہی اچھا۔"

بھارت نے لپک کر موٹر کا دروازہ کھولا اور انل کو آرتی کے ہاتھوں سے تھام لیا۔ جب وہ اسے آرتی سے لے رہا تھا۔ تو ایک بار پھر اس کے ہاتھ اس کے گداز جسم کو چھو گئے۔ اس کی رگوں میں بجلی سی دوڑ گئی اور وہ سنبھل گیا۔ اس نے آرتی کی نیم باز آنکھوں میں دیکھا۔ ان میں تڑپتی پانی اتر رہا تھا۔ دل کی دھڑکن اتنی تیز تھی کہ اسے قریب سے سنائی دے رہی تھی۔ وہ اسے چند لمحے دیکھتا رہا۔ اور پھر بچے کو پچھلی سیٹ پر لٹا دیا۔

رات کی دھندلی روشنی میں وہ آرتی کے بالمقابل کھڑا تھا۔ اس نے آرتی کا شکریہ ادا کیا اور اسے آنے کو کہا۔ اس نے گردن کے اشارے سے آنے کا وعدہ کیا اور آہستگی سے بولی ——— "میں کس زبان سے آپ کا شکریہ ادا کروں۔"

"شکریہ!" ——— وہ بوکھلایا ——— "کیوں؟"

"آپ ہمارے غریب خانے پر جو آئے۔"

"اوہ۔ لیکن یہ غریب خانہ ان امیر خانوں سے کہیں بہتر ہے۔ جہاں امیر دل تو بستے ہیں۔ اور پھر آپ ——— مجھے شرمندہ کرنے لگی ہیں کیا؟"

"کیوں؟"

"یہ FORMALITY کر کے"

"نہیں تو۔ کہیئے کب آیئے گا؟"

"جب آپ بلائیں گی" ——— وہ ہونٹوں پر شوخ مسکراہٹ لاتے ہوئے بولا۔

وہ جواب میں مسکرا دی۔ اور چند لمحے تک خاموشی سے اسے دیکھتے ہوئے بولی۔

"فرصت ہو تو ہر روز آجایا کیجیے!"

"کوشش کروں گا"۔۔۔ یہ کہتے ہی بھارت نے موٹر کار سٹارٹ کر دی دونوں کے ہاتھ دیوانہ وار ایک دوسرے کی جانب بڑھے اور بنا کسی جھجک کے ایک دوسرے کی گرفت میں آگئے۔ بھارت نے آرتی کے نرم نرم ہاتھ کو آہستہ سے دباتے ہوئے کہا۔ "GOOD NIGHT" اور موٹر کار چلا کر روانہ ہو گیا۔

آرتی سڑک پر کھڑی جاتی ہوئی موٹر کار کو دیکھتی رہی۔ اور جیسے ہی موٹر موڑ مڑ کر اوجھل ہو گئی۔ وہ اوپر کی طرف لپکی۔ اب جب وہ ان اندھیری سیڑھیوں کو عبور کر رہی تھی۔ تو اس گھپ اندھیرے میں اسے اپنی دھڑکن صاف سنائی دے رہی تھی۔ پرسکون دل بے چین ہو چکا تھا۔ اور تمام جسم میں ایک ہلکا ہلکا درد ہو رہا تھا جو رگوں میں بہتے ہوئے خون میں مل کر دل کو مسرت بخش رہا تھا۔ دل کی ایسی کیفیت آج سے پہلے اس نے کبھی نہ محسوس کی تھی۔ نہ جانے وہ آج اپنے آپ سے کیوں شرما گئی۔ وہ تیزی سے اپنے کمرے میں گئی اور رات کا لباس تبدیل کر کے اپنے بستر میں جا گھسی۔

ماں اپنے بستر پر لیٹی ہوئی بیٹی کو چھپی نظر سے دیکھ رہی تھی۔ اور جب اس نے اسے چپ چاپ بستر پر جاتے دیکھا۔ تو فوراً بولی۔۔۔ "آرتی"

"ہوں"

"نیند آگئی کیا؟"

"نہیں تو۔ میں نے سوچا تم سو گئی ہو۔"

"چلے گئے تمہارے بھارت صاحب!"

"ہاں ماں!"۔۔۔ آرتی نے حلیمی سے جواب دیا۔ اور ماں کے لفظ

"تمہارے، پر شرما گئی۔ وہ چپ رہی اور کچھ نہ بولی۔ اس نے کمرے کی بتی گل کر دی۔

"آرتی!" ــــ تھوڑی دیر کی خاموشی کو توڑتے ہوئے ماں نے اچانک پکارا۔

"کیوں ماں؟" ــــ اس نے بستر پر رخ بدلتے ہوئے اندھیرے میں ماں کی جانب دیکھا۔

"کیسے آدمی ہیں یہ بھارت صاحب!"

ماں کا سوال سن کر وہ یکایک چونک گئی اور پھر آہستہ سے بولی۔

"خاندانی ہیں ــــ امیر ہیں ــــ عزت دار ہیں۔ رہا دل کا۔ کوئی کیا کہہ سکتا ہے؟"

"دل کے برے نہیں!"

"یہ تم نے کیونکر جانا؟" ــــ وہ جھٹ پوچھ بیٹھی۔

"ارے زمانہ دیکھا ہے۔ اپنا تجربہ تو یہی کہتا ہے" ــــ ماں بولی۔

"ہوں" ــــ وہ بحث میں کچھ نہ بولی۔

"روپیہ ہے۔ عزت ہے۔ گھر بار بھی ٹھاٹھ کا بتلاتی ہو۔ صورت بھی اچھی ہے اور عمر بھی زیادہ نہیں۔ پھر وہ شادی کیوں نہیں کر لیتا؟"

"میں کیا جانوں؟" ــــ وہ سر کو تکئے پر رکھتے ہوئے بولی۔

"کبھی دل کھوج کر دیکھا ہے اس کا؟"

"ہاں بچوں کے ہوتے ہوئے وہ دوسرا بیاہ نہ کرینگے۔ یہ ان کا فیصلہ ہے۔"

"ایسا ممکن نہیں۔ تم ان کا فیصلہ بدل دو!"

"میں سمجھی نہیں" ــــ وہ چونک کر بولی۔ اور دھڑا دھڑا کر ماں کو

دیکھنے لگی۔

"میں سوچ رہی تھی کسی طرح تم اس کے دل میں گھر کر جاؤ۔"

"ماں! ——" وہ چلاتے چلاتے رک گئی۔ اس کا جسم گھبراہٹ سے پگھل گیا۔

"ہاں آرتی۔ اگر وہ مان جائے تو تمہارا جیون سنور جائے۔"

ماں! یہ تم کیا سوچ رہی ہو۔ وہ تو......" وہ کہتے کہتے رُک گئی۔ ماں نے دوبارہ ٹیبل لیمپ روشن کر دیا۔ اور جب اُجالے کا سہارا لئے آرتی نے اسے دیکھا تو وہ اس کے پاس کھڑی تھی۔ وہ چپکے سے قریب بیٹھ گئی۔ اور بولی۔

"وہ رنڈوا ہے۔ اور دو بچوں کا باپ۔ بس۔ آرتی! زمانہ بدل چکا ہے زندگی میں موقع آیا ہے۔ سوجھ بوجھ کے ساتھ قدم اٹھالو۔ ایسی کوئی کمی نہیں جو تمہاری زندگی میں رہ جائے۔۔ روپیہ۔ عزت۔ موٹر کاریں۔ اور پھر وہ بھی تجھے اچھا لگتا ہے۔"

آرتی خاموش ہو گئی۔ ماں کی انوکھی بات اس کے دماغ پر ہتھوڑے کی سی لگی۔ وہ پسینہ پسینہ ہو گئی۔ اور بت بنی ماں کی بوڑھی آنکھوں کو دیکھنے لگی جن کے گرد سیاہ حلقے زمانے کا تجربہ بتلا رہے تھے۔ آرتی نے ٹکٹکی لگائے اسے دیکھا اور بولی —— "یہ تم نے کیسے جانا۔ وہ مجھے اچھے لگتے ہیں؟"

"یہ میل جول۔ یہ زمانہ سازی۔ بچوں سے پیار۔ کیا یہ سب اس کی گواہ نہیں؟"

آرتی نے شرم سے تکئے میں اپنا منہ چھپا لیا۔ اور کچھ نہ بولی۔ ماں کھسک کر اس کے بالکل قریب آگئی۔ اور اپنی انگلیوں سے اس کے بال سنوارتے بولی۔

"میری بات کا کوئی غلط معنی نہ لے لینا بیٹی! ایک خیال آیا۔ تم سے کہہ دیا

اور میرا اس دنیا میں ہے ہی کون؟ جن سے دل کی بات کروں۔ دن رات یہی سوچتی ہوں۔ مرنے سے پہلے تجھے دلھن بنی دیکھ جاؤں۔ فی زمانہ عزت آبرو۔ سب پیسے سے ہے۔ اسی لئے سوچا۔ اگر ایسا ہو جائے تو...... میں غلط بھی کہہ سکتی ہوں۔ دو گھنٹے میں میں اُسے کیا سمجھ سکوں گی؟"

"ماں!" —— وہ ہڑبڑا کر اٹھی اور ماں سے نظریں چار کرتے بولی۔

"ماں! میں ایسا سوچ بھی نہیں سکتی۔ وہ اچھے ہوں یا برے۔ تم تو جانتی ہو۔ میں شادی نہیں کر سکتی۔"

"ہاں جانتی ہوں۔ اسی لئے ناکہ تم نے نوکری کے لئے لکھ کر دیا ہے۔"

"ہاں ماں! اور تمہاری بیٹی کی عزت کسی سے کم ہے کیا؟ دو چار سال ہو لینے دو۔ ڈھیروں روپیہ جمع کر لونگی۔ ٹھاٹھ سے رہو گی۔ تیرے لئے ایک موٹر گاڑی بھی لے لونگی۔"

"پگلی —— !" وہ حسرت کے آنسو بکھیرتے بولی —— "میں کیا کرونگی موٹر —— تو سکھی ہے تو میں چین سے مرسکونگی۔ لیکن جیون کا صحیح سکھ کسی کا گھر بسانے میں ہے۔"

"نہیں ماں۔ میں ابھی ایسا کوئی ارادہ نہیں رکھتی۔"

"اچھا سوچا۔ نہ جانے کیا خیال آیا کہ تجھے پریشان کر بیٹھی۔"

ماں جا کر اپنے بستر پر لیٹ رہی۔ بتی گل ہوتے ہی پھر اندھیرا چھا گیا۔ آرتی نے محسوس کیا۔ کہ اس کا دل پہلے سے کہیں زیادہ دھڑک رہا ہے۔ دل و دماغ کی روشن سطحوں پر کئی ادھورے خیالات تیر رہے ہیں۔ کچھ خوبصورت خیال آتے اور ان پر غور کرنے لگی۔ ماں نے کچھ جھوٹ نہ کہا تھا۔ زندگی کا تجربہ یہ ہی تھا؟ عزت مسرتیں۔ اور زندگی کے لئے روپیہ ایک ضروری وسیلہ ہے۔ اور پھر اس کے

ساتھ ساتھی بھی من پسند مل جائے۔ تو ماں نے جھوٹ تو کہا نہیں۔ کچھ دنوں سے بھارت اس کے من میں سمایا جا رہا تھا۔ وہ جتنا اس سے دُور رہنا چاہتی تھی۔ وہ اتنا ہی قریب ہوتا جا رہا تھا۔ کیا ایسا ممکن نہیں ۔ ایک روز وہ اپنی محبت میں اپنا فیصلہ بدل دے اور اسے اپنا لے۔

یہ خیال آتے ہی اس کا بدن کانپ گیا۔ اور وہ زبردستی پلکیں موند کر سونے کی کوشش کرنے لگی۔ لیکن نیند تھی کہ اس کی آنکھوں سے کوسوں دور بھاگی جا رہی تھی۔

# باب (۷)

آرتی کو بھارت سے ملے آج ایک ہفتہ ہو چکا تھا۔ وہ اسے ملنا نہ چاہتی تھی۔ زیادہ میل جول بڑھ جانے سے خطرہ تھا۔ کہیں وہ اس کی طرف زیادہ رجوع نہ ہو جائے۔ اور اسے اس کے ارادوں پر جھکنا پڑے۔ وہ یہ بھی نہ چاہتی تھی۔ کہ بھارت اس کی محبت میں پھنس کر اپنے اصولوں کو توڑ دے۔ وہ وعدہ توڑ دے۔ جو اس نے مرتے وقت اپنی بیوی سے کیا تھا وہ شفقت بھول جائے جو اسے اپنے بچوں سے ہے۔ وہ کتنی ہی ثابت قدم کیوں نہ ہو۔ مردوں کا کیا بھروسہ؟ ذرا سی ڈھیل دی تو دیوانے ہو جاتے ہیں۔

اس دوران میں بھارت کے دو چار بار ٹیلیفون آئے۔ لیکن اس نے ٹال دیا۔ ایک دو بار اس نے ملنے کی بھی کوشش کی۔ لیکن ملاقات نہ ہو سکی ایک بار تو اتفاق ایسا ہو گیا کہ وہ گھر ہی آ گیا۔ اور گھر میں وہ موجود تھی۔ وہ اسے کلب لے جانے آیا تھا۔ وہ اندر ہی کمرے میں چھپ گئی۔ اور ماں

سے جھوٹ بولنے کو کہہ دیا۔

جب وہ چلا گیا تو ماں بیٹی سے بولی ——— "آرتی!"

"ہوں"

"یہ یکایک میل جول کیوں بند کر دیا؟"

"یونہی سوچا۔ غیروں سے زیادہ میل جول کبھی دھوکا نہ دے دے۔"

"اوہ۔ میں سمجھی شاید میری بات کا برا مان لیا۔"

آرتی نے ماں کو دیکھا۔ اور مسکراتے ہوئے بولی ——— "نہیں ماں! بلکہ تمہاری بات کا تجربہ کر رہی ہوں۔"

"تجربہ ———؟" وہ حیران ہو کر بولی ——— "کیسا؟"

"ان کا امتحان لے رہی ہوں۔ وہ دل کے کیسے ہیں؟"

"نہ ملنے سے کیا دل جانچا جاتا ہے؟"

"ہاں ماں! پہلے کیا تھا۔ کہ ہر وقت میں ان کے پیچھے جایا کرتی تھی۔ بچوں کے بغیر نہ رہ سکتی تھی۔ اب دیکھتی ہوں۔ وہ کتنے کھچے آتے ہیں۔ میری طرف؟"

"نہیں بیٹا! یہ بات اچھی نہیں۔"

"کیوں؟"

"کسی کو تڑپانے سے اپنا دل تڑپتا ہے۔ جتنا کسی سے چوری کرو۔ اپنی آتما چور بنتی ہے۔ ہمیں کیا لینا؟ من صاف ہے تو وہ تیرا کچھ نہ بگاڑ سکے گا۔"

ماں کی بات کا اس نے کچھ جواب نہ دیا۔ اور اپنا بیگ اٹھا کر تیزی سے اپنے دفتر کو جانے کے لئے اتری۔ وہ سیڑھیاں اتر کر جونہی سڑک پر بڑھی یکایک رک گئی۔ سامنے بھارت کی موٹر کھڑی تھی۔ اور وہ اس میں بیٹھا سگریٹ سلگا رہا تھا۔ رخ بدلتے ہی جو آنکھیں چار ہوئیں۔ تو اس نے سنجیدہ ہو کر

آرتی کو دیکھا۔ وہ بوجھل قدم اٹھاتی اس کے قریب جا پہنچی۔ بھارت نے اسے اجنبی نگاہ سے دیکھا اور بولا۔

——"آرتی!"

"آپ یہاں کیا کر رہے ہیں؟"

"آپ کا انتظار"

"میں تو......"

"آپ گھر پر نہ تھیں"—— اس نے بات کاٹتے ہوئے کہا——

"اسی لئے انتظار کر رہا تھا۔"

"در اصل بات یہ تھی۔"

"کہ آپ مجھ سے ملنے سے گریز کر رہی تھیں۔ اسی لئے ماں سے جھوٹ بولنے کو کہہ دیا۔"

"بھارت جی!"

وہ مسکرا دیا۔ اور سگرٹ کا ایک لمبا کش کھینچتے ہوئے بولا——"بوڑھی ماں کو جھوٹ بلوانے سے کیا۔ خود ہی آ کر کہہ دیا ہوتا۔ میں گھر پر نہیں ہوں"

اس نے شرمسار ہو کر نظریں جھکا لیں۔ بھارت نے چند لمحے کی خاموشی کے بعد اسے شرمسار دیکھ کر کہا——"انیتا بیمار ہے اور تمہیں بہت یاد کرتی ہے یہی خبر دینے آیا تھا۔ فرصت ہو تو ذرا اسے دیکھ آنا۔"

بھارت نے ایک ہی سانس میں کہا۔ اور موٹر گاڑی سٹارٹ کر کے چلا گیا۔ وہ شرم سے گٹھری بنی کھڑی رہی۔ اس سے اتنا بھی نہ ہو سکا کہ وہ اسے پکار کر روک لے۔ وہ گم سم ہو کر موٹر کار کو دیکھتی رہی۔ ماں کی بات اس کے دماغ پر ایک چوٹ بن کر رک گئی۔ بیٹا! کسی کو تڑپانے سے تو اپنا

دل تڑپتا ہے۔ اپنا من صاف ہو۔ تو وہ تیرا کچھ بھی نہیں بگاڑ سکتا۔
یہ سوچتے ہی اس کی آنکھوں سے آنسو پھوٹ پڑے۔ دل میں تڑپ ہوئی اور درد سے ایک کسک۔ وہ ضبط سے کام لیتی سڑک کے کنارے کنارے چل پڑی۔
رات کو جب بھارت گھر لوٹا۔ تو گیارہ بج رہے تھے بچوں کے کمرے کی بتی روشن تھی۔ وہ خاموشی سے ڈرائنگ روم عبور کرتا ہوا وہاں تک جا پہنچا۔ تمام دن وہ کام میں الجھا رہا تھا۔ اسی لئے وہ انیتا کی خبر لینے نہ آسکا دوپہر کو اس نے گورنس سے اس کی خبر پوچھ لی تھی۔ بخار کافی تھا۔ وہ خود تو نہ آسکتا تھا۔ لیکن اس نے ڈاکٹر کو آنے کے لئے فون کر دیا تھا۔
جب وہ انیتا کے کمرے کی جانب جا رہا تھا۔ تو نہ جانے کیوں۔ اس کا دل خوف سے کانپنے لگا۔ کواڑ بند تھے۔ اس نے آہستہ سے کواڑ دھکیلا اور آہٹ دبائے اندر آگیا۔ اندر آتے ہی وہ یکایک رُک گیا۔ اور سامنے بیٹھی آرتی کو دیکھنے لگا جو انیتا کے سرہانے بیٹھی اسے تھرمامیٹر لگا رہی تھی۔ وہ بھونچکا سا رہ گیا۔ اس نے سرسری نظر اٹھا کر بھارت کو دیکھا۔ اور پھر رُخ بدل کر انیتا کے منہ سے تھرمامیٹر نکالنے لگی۔ بھارت بنا اسے دیکھنے لگا۔ وہ ٹمپریچر پڑھ رہی تھی۔ بھارت نے دو قدم بڑھ کر جیسے ہی آرتی سے کچھ پوچھنا چاہا۔ اس نے لبوں پر انگلی رکھتے ہوئے اسے خاموش رہنے کا اشارہ کر دیا۔ اور تھرمامیٹر کو خول میں بند کرتی ہوئی باہر آگئی۔ بھارت بھی ہمراہ ہو گیا۔ آرتی نے دبی آواز میں کہا —— "سو رہی ہے"
"کتنا بخار ہے۔"
"اب تو اتر رہا ہے —— ۱۰۰ کے قریب۔"
"اوہ" —— بھارت نے پیشانی پر آئے ہوئے پسینے کو رومال سے

صاف کیا اور پھر بولا۔

"تم کب آئی ہو؟"

"جیسے ہی آپ نے خبر دی۔ چلی آئی۔"

"یعنی تم سویرے سے یہاں ہو۔"

"جی"

"اب تو گیارہ بج گئے۔ ذرا جلدی چلی جاتیں!"

"کیونکر جاتی۔ آپ کو تو ہوش نہیں۔ گھر پر بچی بیمار ہے۔"

آرتی کی بات پر وہ کانپ سا گیا۔ اور اس کی موٹی موٹی آنکھوں میں جھانک کر دیکھا۔ اور رُخ بدل کر بولا ـــــ "گریس جو تھی گھر پر۔"

"انیتا کے لئے آپ اور گریس ایک سے ہیں کیا؟"

"آرتی" ـــــ وہ بوکھلایا۔ اور خاموشی سے قدم اٹھاتا ہوا۔ ڈرائنگ روم میں آگیا۔ آرتی نے اس کے چہرے سے اس کے دل کی حالت کا جائزہ لیا اور قریب آتے ہوئے بولی۔

"اس میں خفا ہونے کی کیا بات ہے؟ میں نے جھوٹ تو نہیں کہا۔"

بھارت نے رُخ بدلا۔ اور قریب کھڑی ہوئی آرتی کو غور سے دیکھنے لگا جو اس کے منہ پر لگے تالے کو دیکھ کر پھر سے کہنے لگی ـــــ "آج کوئی غیر عورت اگر یہ بے رُخی دکھلاتی تو شاید دنیا والے یہی کہتے۔ سوتیلی جو ہے اسے بچوں سے کیا لگاؤ۔ لیکن آپ تو ان بچوں......."

"آرتی" ـــــ اس نے بلند آواز میں پکارا۔ آرتی کہتے کہتے رُک گئی۔ اس نے غصے سے رُخ بدل لیا۔ اور انگیٹھی پر رکھی ہوئی اشیاء کو چھیڑنے لگا۔ وہ بت بنا سوچتا رہا۔ آرتی کے الفاظ ابھی تک اس کے دماغ میں ہلچل مچا رہے

تھے اس نے باہر جاتی ہوئی آہٹ کو سنا۔ اور چند لمحے بعد پھر اسی آہٹ کو اندر آتے سنا۔ لیکن وہ پریشان ہو کر کھڑا رہا۔ آرتی کی آواز آئی ——— "میں جا رہی ہوں"۔

وہ یکایک گھوم گیا۔ وہ جانے کو تیار تھی۔ اپنا سویٹر بازو پر ڈالے وہ باہر کی جانب لپکا اور بولا۔

"ٹھہرو! میں چھوڑ آتا ہوں۔"

"شکریہ! میں چلی جاؤں گی۔"

"رات کافی ہو چکی ہے۔ اکیلے جانا.........."

"میں اس بات کی عادی ہوں۔ آپ فکر نہ کریں" ——— اس نے کہا اور نمسکار کر کے تیزی سے چلی گئی۔ بھارت بیرونی دروازے تک آیا اور اسے سنسان سڑک پر تنہا بڑھتے دیکھتا رہا۔ لیکن ہمراہ جانے کی ہمت نہ کر سکا۔ وہ دیر تک وہیں خاموش کھڑا رہا۔ اور جب چوک میں سے آرتی نے جا کر ٹیکسی لے لی تو اندر لوٹ آیا۔

پل بھر کے لئے وہ بچوں کے کمرے کے باہر رکا۔ اور اندر جھانک کر دیکھا انیتا سو رہی تھی۔ اور گورنس اس پر کمبل اوڑھا کر خود بھی سونے کی تیاری کر رہی تھی۔ وہ چپ چاپ اپنی خواب گاہ کی طرف چلا آیا۔ اور اپنے تھکے ہوئے جسم کو بستر پر پھینک دیا۔ اس میں آج اتنی بھی ہمت نہ تھی۔ کہ رات کے کپڑے تبدیل کر لیتا۔ اس کے دماغ کو رہ رہ کر بار بار آرتی کے الفاظ پریشان کر رہے تھے اُسے نہ جانے کیوں ایسا محسوس ہونے لگا تھا۔ جیسے آرتی کوئی غیر نہ ہو۔ بلکہ اسی گھرانے کی فرد ہو۔ اس کی دلکشی اور ہمدردی دیکھ کر کبھی کبھی تو وہ یہ سوچ بیٹھتا۔ کیا ایسا ممکن نہیں۔ وہ ہمیشہ کے لئے اس گھر میں چلی آئے۔ وہ گھر جو ایک

مدت سے سنسان تھا، اس میں رونق آجائے گی۔

آج بھی جب بستر پر لیٹا وہ رات کی خاموشی کا جائزہ لے رہا تھا تو اس کے دماغ میں کچھ ایسے ہی خیالات انگڑائیاں لینے لگے لیکن اس کے دل کو یقین نہ آرہا تھا کہ ایسا ہو سکتا ہے اور پھر وہ اسے کیوں کر سکتا تھا۔ کہیں ایسا تو نہیں وہ اس کی ہمدردی کو غلط سمجھ رہا ہو۔ اور اپنے گرد مسرتوں کا وہ جال بُن رہا ہو۔ جو ایک ہی جھونکے سے ٹکڑے ٹکڑے ہو جائے۔

نہ جانے یہ سوچتے سوچتے کب اس کی آنکھ لگ گئی۔ اور وہ بغیر کپڑے اتارے وہیں سو گیا۔ اسے جب ہوش آیا تو صبح ہو چکی تھی۔ نوکر اس کے لئے چائے رکھ گیا تھا۔ آنکھیں کھول کر جوں ہی اس نے کمرے کی چھت کو دیکھا تو سنہری دھوپ سے وہ جگمگا رہا تھا۔ روشنی نے اس کی آنکھیں چندھیا دیں اور وہ جسم کو سیدھا کر کے بیٹھ گیا۔ ابھی وہ سنبھل بھی نہ پایا تھا کہ کسی نے ہاتھ بڑھا کر چائے کا پیالہ پیش کیا۔ آواز آئی۔

"چائے"

وہ چونک گیا اور چائے پیش کرنے والے سے نظریں چار کیں۔ وہ اسلم تھا جو قریب کرسی پر بیٹھا چائے پی رہا تھا۔ بھارت کو ہکا بکا دیکھ کر وہ مسکرایا ـــــ اور بولا۔

"رات بہت دیر سے لوٹے کیا؟"

"نہیں تو ـــــ وہ جھینپ گیا اور پھر چائے کا پیالہ تھامتے پوچھنے لگا

"تم کب آئے اسلم؟"

"آدھ گھنٹہ سے انتظار کر رہا ہوں۔ چائے آئی تو رک نہ سکا اور تمہیں جگا دیا۔"

"ہوں" ـــــــ اس نے حلق میں ایک گھونٹ اتارتے ہوئے ٹھنڈا سانس لیا۔

"یہ تمام رات انہیں کپڑوں میں نیند کیسے آئی ہوگی؟"

"وہ کمبخت آتی تو کیوں کیا تھا۔ اسلم؟"

"ہاں دوست!"

"سمجھ میں نہیں آتا۔ کیا کروں؟ میں پریشان ہوگیا ہوں۔"

"کیوں؟" ـــــــ اسلم نے بے ساختہ پوچھا۔

"انیتا کو آج دو روز سے بخار ہے۔"

"اوہو۔ ڈاکٹر کیا کہتا ہے؟"

"شاید فلو کا اٹیک ہے۔ ایک گورنس بھی رکھی ہے۔ لیکن بچے پھر بھی گھر میں تنہائی محسوس کرتے ہیں۔ ہر وقت لاڈوس پڑوس میں گھسے رہتے ہیں۔"

"تو ایک کام کرو۔"

"کیا؟" ـــــــ وہ بے ساختہ پوچھ بیٹھا۔

"بیاہ کرلو"

"اسلم!" ـــــــ وہ تلملا گیا اور ضبط کر کے کچھ کہتے کہتے رُک گیا۔

"سوچ سے کام لو۔ تمہاری ویران زندگی کا خلا پورا ہو جائے گا۔ اور بچوں کو پیار کرنے والی ایک ماں ..........."

"یہ تم کہہ رہے ہو دوست؟"

"ہاں بھارت! جس طرح جیل میں تڑپتی ہوئی بھابی کو میں نہیں دیکھ سکتا۔ اسی طرح تمہاری سُلگتی جوانی بھی تو نہیں دیکھی جاتی مجھ سے۔"

"اس کا کیا بھروسہ۔ وہ بچوں کو ایک ماں کا پیار دے سکے۔"

"یہ بات ضرور ہے کسی کا کیا بھروسہ۔ بچوں سے کیسا سلوک ہو۔"

"لیکن پہلے تو تم نے مجھ سے یوں ہمدردی نہ دکھائی تھی۔ اب کہ......!"

...... بھارت کہتے کہتے رُک گیا۔ اور اسلم کے سنجیدہ چہرے کو دیکھتے ہوئے بولا۔

"کیا بات ہے اسلم؟"

"میں بھابی کے بارے میں ڈاکٹر سے ملا تھا۔"

"کیا کہا اس نے؟"

"دایاں پھیپھڑہ بالکل گل چکا ہے!"

"تب؟"

"دوا سے احتیاط ہو سکتی ہے۔ علاج ناممکن ہے۔ بھابی کی زندگی کا کوئی بھروسہ نہیں۔"

بھارت خاموش ہو گیا۔ اور سوچنے لگا۔ اسلم پھر بولا۔

"ابھی کاکی زندگی کے سات برس باقی ہیں۔ سوچتا ہوں۔ اس کی زندگی کا تو بھروسہ نہیں۔ تم کیوں جوانی کو دیمک لگائے بیٹھے ہو؟"

"اور راستہ بھی تو نہیں دوست!"

"ایک ہی راستہ —— شادی —— ماضی کو کھو جاؤ اور چار روزہ زندگی کو مسرتوں میں بھول جاؤ؟"

بھارت نے اپنی اکھڑی ہوئی نگاہوں سے ایک بار اسلم کو پھر دیکھا۔ اُسے یقین نہ آ رہا تھا۔ یہ اسلم کے خیالات ہیں۔ آج سے پہلے تو اس نے کبھی ایسا نہ سوچا تھا۔ پھر یہ یکایک تبدیلی کیسی —— چند لمحے کی خاموشی کو کاٹتے ہوئے وہ بولا۔

"بچوں کا کیا ہوگا؟"

"اللہ سب بہتر کرے گا۔ اور اگر ان کی نئی ماں نے ان سے سلوک اچھا نہ کیا تو انہیں میں اپنے گھر لے جاؤں گا۔ جان سے بھی عزیز رکھوں گا۔ وعدہ کرتا ہوں۔ مجھ پر بھروسہ رکھو۔"

"نہیں دوست! ایسا ممکن نہیں۔ میں یہ راز اپنی زندگی میں کیونکر چھپاؤں گا۔ کہ ان کی ماں زندہ ہے۔"

"تو حقیقت افشا کر دینا۔"

"اپنی زندگی کو سکون دینے کے لئے بچوں کا مستقبل کیسے تباہ کر دوں؟"

"تو میری بات مانو گے؟"

"کیا؟"

"اس راز کو راز ہی رہنے دو۔ یہ راز کبھی افشا نہ ہوگا۔"

"کوشش کرونگا ——— کچھ کہہ نہیں سکتا۔ لیکن ان باتوں کا ذکر جا کر جیل میں نہ کرنا۔"

"بھارت!" ——— وہ مسکرایا۔

"ہاں!" ——— بھارت نے اسلم کی چمکتی ہوئی پتلیوں میں جھانکا۔

"تم شادی کر لو۔ جانتے ہو۔ یہ خیال کس کا ہے؟" اسلم نے کہا۔

"کملا بھابی کا ——— یہ اسی کی التجا ہے۔"

وہ بت بن گیا۔ یہ آج کیسی انہونی باتیں ہو رہی ہیں۔ کملا نے اس کی زندگی کے بارے میں سوچا ہے۔ وہی کملا جو اس کی زندگی کی دشمن تھی۔ آج یہ ہمدردی کیوں؟ کہیں جیل کی بلند فصیلوں میں بیٹھے بیٹھے اس نے کوئی نئی ترکیب تو نہیں سوچ لی۔ وہ یہ خیال آتے ہی خوف سے کانپ گیا۔

وہ بیٹھا سوچتا ہی رہا۔ اور اسلم اجازت لے کر چلا گیا۔ جب وہ تنہا رہ گیا۔ تو اس کے دماغی پردوں پر آرتی کی تصویر اتر آئی۔ وہ اس کی شبیہہ کو قریب سے دیکھنے کی کوشش کرنے لگا۔ اسے ایسا محسوس ہونے لگا۔ کہ اس کی ادھوری زندگی کی جان وہی ہے۔ وہ نیم خیالی میں اٹھا اور بچوں کے کمرے کی جانب چلا گیا۔

# باب ۶

ہوائی جہاز نے جیسے ہی اُڑان لی۔ آرتی کے لبوں پر ہلکی سی مُسکراہٹ پھیل گئی۔ اس نے اپنی سہیلی سادھنا کو دیکھا جو اس ہوائی جہاز کی ہوسٹیس تھی۔ آج وہ ڈیوٹی پر نہ تھی۔ بلکہ ایک مسافر کی حیثیت سے بمبئی جا رہی تھی۔ وہاں سے اُسے پونا اپنی سہیلی کی شادی پر جانا تھا۔

آرتی سادھنا کے ہاتھوں سے ہاتھ چھُڑا کر جوں ہی اپنی سیٹ کی جانب جانے لگی۔ سادھنا نے اُسے روک لیا۔ اور ہوائی جہاز کی جانب اشارہ کیا۔ جو ابھی بلندی کو چھو نہ پایا تھا۔ آرتی پھر سے بیٹھ گئی۔ اور بیگ میں سے چھوٹا آئینہ نکال کر اپنے چہرے کو دیکھنے لگی۔ اس نے لپ سٹک کی ڈبیہ نکالی۔ اور ہلکی سی تہہ اپنے ہونٹوں پر چسپاں کر دی۔ اپنے نکھرے ہوئے گلابی ہونٹوں کو دیکھ کر وہ خود ہی مسکرا دی اور پھر آئینہ بیگ میں بند کر دیا۔ یکایک سامنے سادھنا کو دیکھ کر اس کے گالوں پر حیا کی سرخی دوڑ گئی۔ سادھنا مسکرا دی۔

"تم ہونٹوں پر لپ سٹک لگاتی ہو۔ میں آج جان پائی۔"

"اچھا۔ تم کیا سمجھتی تھیں؟" ـــــــ آرتی نے شوخ انداز سے پوچھا۔

"ہونٹوں کی رنگت ہی ایسی ہے۔ کہاں سے لائی ہو۔ لاؤ تو دیکھوں۔"

"لندن سے لی تھی۔ تمہیں پسند ہے تو لے لو۔"

"ہوں۔ لیکن تم؟"

"اپنے پاس تو پانچ اور رکھی ہیں۔"

"THANKS تب تو میں کبھی نہ دوں گی۔"

"مانگتا کون ہے؟" ـــــــ آرتی نے مسکراتے ہوئے کہا۔ اور کھڑکی سے جھانک کر نیچے دیکھا۔ ہوائی جہاز اب بلندی پر اُڑ رہا تھا۔ آرتی اپنی سیٹ کی جانب بڑھی اور آہستہ آہستہ قدم اُٹھاتی ہوئی خاموشی سے اس پر جا بیٹھی۔ چند لمحے تک اپنے جسم کو ڈھیلا چھوڑ کر اس نے ایک سرسری نظر سے اپنے برابر بیٹھے مسافر کو دیکھا۔ وہ سر جھکائے کوئی میگزین پڑھ رہا تھا۔

انجانی سی نگاہ اس سے ہٹاتے ہوئے وہ یکا یک پھر غور سے اسے دیکھنے لگی چونکتے ہی بے ساختہ اس کے منہ سے نکلا ـــــــ "آپ؟"

مسافر نے کانپ کر رُخ بدلا۔ وہ بھارت تھا۔ جو آرتی کو اسی طرح حیرت زدہ انداز سے دیکھ رہا تھا۔ دونوں بت بنے چند لمحوں تک ایک دوسرے کو دیکھتے رہے۔ ان کی خاموشی کو صرف ہوائی جہاز کی آواز کاٹ رہی تھی۔

"تم آج ڈیوٹی پر ہو؟" ـــــــ بھارت نے سنبھلتے ہوئے سوال کیا۔

"نہیں ـــــــ ایک مسافر۔"

"کہاں جا رہی ہو؟"

"بمبئی۔ اور وہاں سے پونا۔"

"کیوں؟"

"کسی سہیلی کی شادی پر۔ لیکن آپ؟"

"بمبئی تک جا رہا ہوں کاروبار کے سلسلے میں۔"

"عجیب اتفاق ہے آپ نے ذکر تو نہیں کیا۔"

"پروگرام اچانک بن گیا۔ اور آپ نے بھی تو......"

ارادہ تو تھا۔ لیکن چھٹی نہ مل رہی تھی۔ عین وقت پر SANCTION ہو گئی۔"

"کتنی چھٹی ہے؟"

"ایک ہفتہ۔ آپ کو کتنے دن رکنا ہے؟"

"یہ کام پر منحصر ہے۔ دو دن بھی ہو سکتے ہیں۔ دس بھی۔"

"تو بچوں کا کیا کیا؟"

"گھر پر ہیں شمیمہ اور گورنس کے پاس۔"

آرتی خاموش ہو گئی اور اپنے اردگرد کے دوسرے مسافروں کو دیکھنے لگی۔ پھر اچانک سادھنا کو اپنی طرف دیکھ کر جھینپ گئی۔ اس کے لبوں پر شوخ مسکراہٹ کھیل رہی تھی۔ آرتی چپکے سے اٹھی۔ اور سادھنا کے کیبن میں آپہنچی۔ سادھنا نے حلیمی سے پوچھا —— "میں سمجھ رہی تھی۔ تم اکیلی جا رہی ہو۔"

"ہوں۔ ہاں تو۔"

"لیکن یہ کون ہے؟"

آرتی نے نگاہ اٹھا کر سہیلی کی شوخ نظروں کو کاٹا اور پھر بولی۔

"ہے کوئی۔ اتفاق سے اسی جہاز میں سفر کر رہا ہے"

"اور اس پر اتفاق یہ کہ سیٹ بھی برابر کی ہے۔"

"ہاں سادھنا۔ تھوڑی دیر پہلے میں یہ جانتی بھی نہ تھی۔ وہ میرا ساتھی ہوگا"

"یہ اتفاق اچھے نہیں ہوتے کبھی کبھی زندگیوں کے رُخ بدل دیتے ہیں"۔

آرتی چپ رہی اور سامنے رکھا ہوا کافی کا پیالہ اٹھا کر جلدی جلدی گھونٹ بھرنے لگی۔ سادھنا مسکراتی ہوئی مسافروں کے پاس چلی گئی۔ بھارت اپنی سیٹ پر تنہا بیٹھا کبھی برابر کی سیٹ کو دیکھتا۔ اور کبھی کھڑکی سے باہر۔ آرتی کو اپنے قریب پا کر اسے ایک اندرونی مسرت سی ہو رہی تھی۔ وہ بے چینی سے اس کا انتظار کر رہا تھا۔

آدھ گھنٹہ بعد وہ لوٹی۔ اور بھارت سے لائف میگزین مانگ کر پڑھنے لگی اور اسے پڑھتے پڑھتے سیٹ پر اونگھ آنے لگی۔ بھارت جو بیقرار ہوا اسے دیکھ رہا تھا۔ اسے اونگھتے دیکھ کر خود بھی چپ چاپ سیٹ پر سر ٹیک کر سوچ میں پڑ گیا۔ وہ آرتی کے دل کی بات نہ سمجھ سکتا تھا۔ وہ بھی سادھنا کے سامنے زیادہ بات چیت کرنے سے کترا رہی تھی۔

جہاز تین گھنٹے کی اُڑان کے بعد ممبئی گیارہ بجے ایروڈروم پر اُترا۔ تمام مسافر اُتر کر ویٹنگ ہال میں آ گئے۔ سفر کے دوران میں آرتی نے بھارت اور سادھنا کا تعارف بھی کروا دیا تھا۔ سادھنا جوں ہی ڈیوٹی روم میں رپورٹ کرنے بڑھی بھارت اور آرتی ہٹ کر ایک جانب صوفے پر جا بیٹھے۔

"اب کیا ارادہ ہے؟"——— بھارت نے اچانک سوال کر دیا۔

وہ چونک گئی۔

"یہی سوچ رہی تھی سمے کیونکر کٹے گا لیکن کوئی شام کو چھ بجے جائے گی"

"شہر تو جانا ہی ہوگا۔"

"ہاں۔ سادھنا آ جائے۔ پھر پروگرام بنے گا۔ آپ کا کیا پروگرام ہے"۔

"آج تو فرصت ہے۔ ڈائرکٹرز کی میٹنگ ہے رات کو نو بجے۔"

"ٹھہریئے گا کہاں؟"

"ہوٹل ایرا ئمن"

اسی وقت سادھنا چارج دے کر باہر نکلی اور آتے ہی بولی۔

"ہاں۔اب کہو کیا پروگرام ہے؟ چار بجے تک میں تمہارے ساتھ ہوں۔"

"اس کے بعد"؟ —— بھارت نے سوال کیا۔

"واپسی —— پانچ بجے دوسرے جہاز سے میں کلکتہ جارہی ہوں۔"

"تو اب کیا پروگرام بنے؟" —— آرتی نے پوچھا۔

"پہلے میس (MESS) میں چل کر کھانا کھالیں۔پھر شہر گھومنے چلیں گے کچھ شاپنگ کرنی ہے۔"

"اگر اجازت ہو تو میں کچھ کہوں؟" —— بھارت نے مداخلت کی۔

"کہیئے!"

"شہر تو جانا ہے آپ کو۔سب اکٹھے چلتے ہیں۔کھانا آج آپ میرے ساتھ کھائیے!"

آرتی تو خاموش رہی لیکن سادھنا نے اس کی کپکپاہٹ کو کاٹتے ہوئے فوراً پوچھا۔

"ہاں آرتی۔کیا ارادہ ہے؟"

"کیا؟" —— وہ یوں چونکی جیسے سو رہی ہو۔

"بھارت جی ہم دونوں کو LUNCH دے رہے ہیں۔"

"کھانا ہی کھانا ہے کہیں کھالیں۔"

"تو چلئے!" —— بھارت نے آرتی کا بیگ اٹھا کر اسے پیش کیا۔

"ٹھہریئے" —— سادھنا بولی —— "سٹاف کار آدھ گھنٹے تک جائیگی۔"

"اس کی کیا ضرورت؟ باہر اپنی گاڑی کھڑی ہے"—— بھارت نے کہا - اور اپنا اٹیچی کیس اٹھا کر چلنے کو تیار ہو گیا۔ دونوں سہیلیوں نے ایک دوسرے کو دیکھا اور خاموشی سے بھارت کے ہمراہ ہو گئیں۔

سانتا کروز (SANTA CRUZ) ایروڈرام کے باہر بھارت کے جنرل منیجر کی کار کھڑی تھی - تینوں لپک کر اس میں آ بیٹھے - اور موٹر گاڑی بمبئی کی جانب روانہ ہو گئی - آرتی پہلے تو کچھ کپکپا رہی تھی۔ لیکن جیسے ہی باتوں کا سلسلہ شروع ہوا وہ آزادانہ انداز سے باتیں کرنے لگی۔ تھوڑی دیر میں دونوں نے محسوس کیا۔ جیسے بھارت کوئی غیر نہ ہو بلکہ انہی کا کوئی ساتھی ہو - اور دونوں اس سے گھل مل کر باتیں کرنے لگیں۔

بھارت کے لئے ہوٹل ایرلائن میں کمرہ ریزرو تھا۔ تھوڑی ہی دیر بعد تینوں ایرلائن کے ایر کنڈیشنڈ کمرے میں بیٹھے آرام کر رہے تھے - بھارت اپنے منیجر سے ٹیلیفون پر گفتگو کر رہا تھا - اور دونوں آرام دہ بستروں پر لیٹی خاموشی سے ایک دوسرے کو اکھڑی نگاہوں سے دیکھ رہی تھیں۔ کبھی کبھی سادھنا شوخی سے مسکرانے لگتی - اور آرتی شرما کر رُخ بدل لیتی -

دن کے کھانے کے بعد تینوں گھومنے کے لئے بازار نکل آئے - اور ضروریات کی اشیاء خریدنے لگے - سادھنا نے اپنے لئے دو ریشمی ساڑھیاں لیں۔ جن کی پسند آرتی نے کی - ایک سفید ساڑھی آرتی کو بے حد پسند تھی لیکن قیمت کچھ زیادہ ہونے کی وجہ سے اس نے خریدی نہیں - سادھنا نے بہت زور دیا - لیکن وہ مانی نہیں - بھارت اس کے دل کی کیفیت بخوبی جانتا تھا - وہ فضول خرچ نہ تھی - اسی لئے اس نے وہ ساڑھی چھوڑ دی تھی

بھارت نے دکاندار سے دام پوچھے۔ ساڑھی کی قیمت تین سو تھی۔
"لے لونا"—— بھارت نے آرتی کی طرف دیکھتے ہوئے کہا۔
"نہیں۔میرے BUDGET سے باہر ہے۔"
"بجٹ کی فکر مت کرو۔میں خرید دیتا ہوں۔"
"کیوں؟"—— وہ بے ساختہ پوچھ بیٹھی۔ بھارت جھینپ کر رہ گیا اس کی کڑی نگاہوں کی تاب نہ لاتے ہوئے بولا—— "دام کی بات تھی نا۔سو میں دے دوں تو کیا ہرج ہے؟"
"NO! THANKYOU"

چار بجے سادھنا ان سے الگ ہوگئی اور کمپنی کے دفتر سے سٹاف کار پر ایروڈرام چلی گئی۔ بھارت اور آرتی ہوٹل لوٹ آئے۔ بھارت نے چائے کا آرڈر دیا۔ تو آرتی چند لمحے کے لئے سستانے کے لئے لیٹ گئی۔ بھارت کچھ سنجیدہ ہو چکا تھا۔ ساڑھی نہ خریدنے سے اس کے دل کو چوٹ سی لگی تھی یہ بات آرتی سے چھپی نہ تھی۔ لیکن وہ مجبور تھی۔ وہ کسی کا بے جا احسان لینا نہ چاہتی تھی۔ اسی لئے دونوں الگ الگ چپ چاپ پڑے تھے۔
ویٹر آیا اور چائے کی ٹرے میز پر رکھ گیا۔ لیکن دونوں خاموش لیٹے رہے چند لمحے کی خاموشی کے بعد بھارت نے آہستہ سے پکارا—— "آرتی!"
"جی!"—— وہ چونک کر اٹھ بیٹھی۔
"چائے ٹھنڈی ہو رہی ہے۔"
آرتی نے کوئی جواب نہ دیا۔ اور ٹرے اپنی جانب کھینچ کر چائے بنانے لگی۔ بھارت پلنگ چھوڑ کر سامنے کی کرسی پر آبیٹھا۔ دونوں چپ چاپ چائے پینے لگے ان کے درمیان یہ خاموشی کچھ عجیب سی لگ رہی تھی۔ سمجھ نہیں آرہا تھا۔ یہ کھچاؤ

کیسے ختم ہو۔ آخر بھارت نے اچانک اس پر سوال کیا۔

"یہ گم سُم سی کیا سوچ رہی ہو؟"

"آپ کے بارے میں——" اس نے ہونٹوں کو آہستہ سے جنبش دی۔

"کیا؟"

"ایک بات پوچھوں آپ سے؟"

"کہو——" وہ حیران ہو کر بولا۔

"یہ سادھنا کیسی لڑکی ہے؟"

"سادھنا!—— کیسی لڑکی ہے!—— اچھی ہے"—— وہ بوکھلا کر بولا۔ اس کی کپکپاہٹ دیکھ کر آرتی ہنسنے لگی۔ اور وہ شرمندہ ہو کر چپ ہو گیا۔

"بیٹھی یہی سوچ رہی تھی؟"

"کیا؟"

"کیوں نہ سادھنا کو راضی کرلوں۔ اور وہ آپ سے بیاہ کرلے۔"

"کیا؟"—— بھارت کانپ کر رہ گیا۔ چائے کا پیالہ اس کے ہاتھ سے گرتے گرتے بچا۔ اور اسے سنبھالنے میں گرم چائے اس کے سوٹ پر گر پڑی۔ آرتی نے لپک کر پیالہ تھام لیا اور رومال سے بھارت کا کوٹ صاف کرنے لگی جوں ہی چائے کا داغ مٹانے کے لئے اس کا ہاتھ بھارت کے کالر کی طرف اٹھا بھارت نے جھٹ ہاتھ وہیں تھام لیا۔ وہ کانپ گئی۔ دونوں نے ایک دوسرے کو ہمدردی کی نظروں سے دیکھا۔ آرتی نے حیا سے پلکوں کو جھکاتے ہوئے اپنا ہاتھ کھینچا لیکن بھارت نے گرفت مضبوط کرلی اور اس کی آنکھوں میں جھانکتے ہوئے بولا

"آرتی"

"جی"——ہونٹوں کی تھرتھراہٹ قابو میں لاتے ہوئے وہ بولی۔

"تم دن رات میرے بارے میں اتنا سوچتی رہتی ہو کیا؟"

"کبھی کبھی۔ اور سچ پوچھئے تو میں سادھنا کو ایک مدت سے جانتی ہوں میں بھی اسی کی مدد سے یہ نوکری لے سکی۔ اس نے بھی ایک بار یہ سندر سپنا دیکھا تھا۔ لیکن بے چاری کے نصیب سو گئے۔"

"کیسا سپنا؟"

"شادی بیاہ کا۔ لیکن بیاہ کے چھ ماہ بعد ہی شوہر کی موت ہو گئی۔"

آرتی کی بات سن کر بھارت بھونچکا سا رہ گیا۔ وہ کانپ کر آرتی سے الگ ہو گیا۔ اسے یوں لگا۔ جیسے کسی نے اچانک اس کے سر پر لٹھ مار دی ہو وہ حیرت زدہ اتنا ہی پوچھ سکا——"تو کیا سادھنا بیوہ ہے؟"

"ہاں! اس کا شوہر ہماری کمپنی میں پائیلٹ تھا۔ ایئر کریش AIR CRASH میں مارا گیا۔ اسی صلے میں سادھنا کو یہ نوکری ملی ہے۔"

"اوہ کتنا ظلم ہوا بے چاری پر"

"اسی لئے سوچتی ہوں۔ اگر ایسا ہو جائے۔ تو دونوں کی زندگیاں سنور جائیں آپ مجھ پر بھروسہ رکھیئے۔ وہ بچوں کو اپنی جان سے بھی زیادہ عزیز رکھے گی۔"

بھارت خاموشی سے اس کے چہرے پر آنکھیں جمائے اس کے جذبات کا جائزہ لیتا رہا۔ اور جب وہ خاموش ہو گئی۔ تو بولا۔

"اس پر تو بھروسہ ہے۔ میرا یقین کیونکر دلاؤ گی۔ اسے۔"

"آپ کو میں جو جانتی ہوں۔ آپ دل کے کتنے اچھے ہیں۔ عزت ہے۔ دولت ہے۔ ہر آرام اور آسائش ہے۔ بس ایک کمی ہے۔"

"کیا؟"

"جیون ادھورا ہے۔ اسی کو پورا کر رہی ہوں۔ یہ ہی کہونگی اُسے"

"بس؟"

"اور کیا؟"

"آرتی!" ——— وہ اس کے بالکل قریب ہوتے بولا۔ وہ اس کی جاذب نگاہوں کو دیکھنے لگی جو ایک ٹک اُسے دیکھے جا رہی تھیں۔ کچھ دیر رکنے کے بعد وہ پھر بولا۔

"کیا ایسا ممکن نہیں آرتی! سادھنا کی جگہ تم میرے ادھورے جیون کو مکمل کردو ——— !"

"بھارت جی!" ——— اُس کے منہ سے بے ساختہ نکلا۔ اور اس نے منہ پھیر لیا۔ وہ میز کا سہارا لے کر کھڑی ہوگئی۔ بھارت جھٹ اُٹھ کر اس کے قریب آیا۔ اور اس کے پیچھے رُکتے ہوئے بولا۔

"اگر ایسا ہو جائے تو میرے اندھیارے جیون میں اُجالا ہو جائے۔"

وہ آنکھیں نیچی کئے خاموش رہی۔ پسینے سے اس کا جسم لت پت ہوا جا رہا تھا۔ دل زور زور سے دھڑکنے لگا تھا جس کمرے میں گھنٹوں سے وہ بھارت کے ساتھ اکیلی تھی۔ اب وہاں اُسے خوف لگنے لگا تھا۔ وہ اتنا ہی کہہ پائی۔

"پانچ بج رہے ہیں۔ شاید ہمیں دیر ہو رہی ہے۔"

"میری بات کیا ادھوری رہ جائے گی۔"

"ابھی ریل گاڑی کا ٹکٹ بھی لینا ہوگا چلئے!" ——— وہ کانپتے ہوئے بولی

"وہ میں نے منگوا لیا ہے۔ ہوٹل کا آدمی لا رہا ہوگا۔"

"تو جائیے۔ پتہ کیجئے۔ کہیں وہ بھول گیا ہو" ——— وہ بوکھلاتے ہوئے بولی۔

"آرتی"

آرتی نے کوئی جواب نہ دیا۔ اور پلٹ کر بھارت کو دیکھنے لگی۔ جواب تک اپنے سوال کا جواب پانے کے لئے منتظر تھا۔ خاموش نگاہوں سے اس نے ایک بار بھارت کو دیکھا اور بازار سے لائی ہوئی اشیاء کو سنبھال کر اپنے بیگ میں بند کرنے لگی۔ بھارت نے اس کی خاموشی کو زیادہ نہ ٹٹولا۔ اور الماری سے اپنا کوٹ نکالتے ہوئے بولا۔

"چلئے۔ کہیں گاڑی نہ چھوٹ جائے۔"

بھارت یہ کہتا ہوا کمرے سے باہر نکل گیا۔ آرتی دم بھر کے لئے ٹھٹھک گئی اور پھر بیگ بند کر کے کمرے سے باہر آگئی۔ گیلری میں رک کر اس نے نظر پلٹی بھارت ہوٹل کے صدر داخلے پر کھڑا اس کا انتظار کر رہا تھا۔ آرتی خاموشی سے گیلری پار کر کے وہاں جا پہنچی۔ بھارت نے نگاہیں چار کرتے ہی ٹکٹ پیش کیا۔ جو ابھی ابھی منیجر نے اسے دیا تھا۔ آرتی نے کانپتی ہوئی آواز سے شکریہ ادا کیا اور دونوں تیزی سے موٹر کار میں جا بیٹھے۔ بھارت نے ڈرائیور سے ریلوے سٹیشن چلنے کو کہا۔

آرتی نے ٹکٹ بٹوے میں رکھنے سے پہلے تسلی کی۔ اور اس پر لکھی ہوئی رقم دیکھ کر ساڑھے تیرہ روپے بھارت کو پیش کئے۔ بھارت نے کڑی نگاہ سے اس کی انگلیوں میں تھمے ہوئے نوٹوں کو دیکھا۔ اور پھر آرتی کی آنکھوں میں۔ گھبراہٹ سے اس کا چہرہ زرد ہو رہا تھا وہ چند لمحے تک اسے یونہی دیکھتا رہا اور پھر اس کے ہاتھ سے نوٹ لے کر بچتہ آواز میں بولا——

"THANK YOU"

موٹر کار سڑکوں کو عبور کرتی بڑھتی چلی جا رہی تھی۔ دونوں خاموش تھے

دونوں میں اب ایک دوسرے سے نگاہ ملانے کی تاب نہ تھی۔ آرتی اپنی گھبراہٹ کو ضبط کرتے ہوئے باہر سڑک پر دیکھنے لگی۔ بھارت نے رُخ بدل کر سگریٹ سلگایا اور اپنے تنہا لمحات کو فضا میں دھواں چھوڑ کر کاٹنے لگا۔

گاڑی چلنے میں دس منٹ باقی تھے۔ فسٹ کلاس میں بیٹھی ہوئی آرتی کسی گہری سوچ میں مبتلا تھی۔ بھارت پلیٹ فارم پر کھڑا سگریٹ پہ سگریٹ پھونکتا جا رہا تھا۔ دونوں نے آپس میں ہوں ہاں کے سوا کوئی بات نہ کی تھی۔ وہ اپنی جگہ پر شرمسار تھا اور آرتی اپنی جگہ۔ اتنے دنوں کی جان پہچان میں پہلی بار کوفت کی گھڑیاں پیش آ رہی تھیں۔

آرتی نے کلائی پر بندھی ہوئی گھڑی کو دیکھا۔ وقت کی ڈوری بڑی تیزی سے کٹتی جا رہی تھی۔ اور اسی تیزی سے اس کے دل کی دھڑکن بڑھتی جا رہی تھی آخر وہ رہ نہ سکی۔ اور مجبور ہو کر بڑبڑائی ——— "سنیئے!"

بھارت نے اس کی پکار سنی۔ تو سگریٹ کا ٹکڑا جوتے سے مسلتے ہوئے اس کے قریب آ گیا۔

"آپ دلی کب جائیے گا؟" ——— آرتی نے بے ساختہ سوال کیا۔

"شاید دو چار روز تک۔"

"ایک التجا ہے۔ مانئے گا؟"

"فرمایئے!"

"کیا ایسا ممکن نہیں کہ آپ کام کے بعد پونا آ جائیں؟"

"کیوں؟" ——— بھارت نے مشکوک نظروں سے پوچھا۔

"سنا ہے پونا کے پاس مہابلیشور ایک خوبصورت جگہ ہے۔ اسے دیکھنے کی تمنا ہے۔"

"تب"

"اکیلی نہ جا سکونگی۔ اگر آپ ساتھ دیں تو دیکھ آؤں۔"

بھارت نے اس کے دلی جذبات کو محسوس کیا۔ اور اپنی دلی مسرت کو ضبط کرتے ہوئے طنزاً بولا ——— "میرا ساتھ گوارا کر سکیں گی آپ؟"

"اگر آپ کا ساتھ گوارا نہ ہوتا تو التجا ہی کیوں کرتی" ——— اس نے مسکرا کر کہا۔ بھارت ڈبے کی کھڑکی کے بالکل قریب ہو گیا۔ اور پیار سے ہونٹوں پر اس کا نام لا کر بولا ——— "آرتی!"

گاڑی نے وسل دی۔ وہ چونک کر سنبھلا۔ آرتی نے تیزی سے ایک کاغذ کے پرزے پر کچھ لکھا۔ اور ریل گاڑی روانہ ہو گئی۔ اس نے فوراً کاغذ کا پرزہ پڑھنا شروع کیا۔ اس پر پونا کا پتہ نوٹ تھا۔

ریل گاڑی سگنل تک جا پہنچی۔ اس نے نگاہیں اُٹھا کر ڈبے سے حرکت کرتے رومال کو دیکھا۔ اور ہاتھ اُٹھا کر الوداعی جواب دیا۔ اُسے اب تک یقین نہ آ رہا تھا۔ کہ عورتوں کے فیصلے اتنی دیر میں بھی بدل سکتے ہیں۔ اس کے دماغی پردوں کے ساتھ ایک بار یہ الفاظ پھر ٹکرائے:۔

"اگر ساتھ گوارا نہ ہوتا۔ تو التجا ہی کیوں کرتی۔"

وہ دل میں گدگداہٹ لئے باہر کی جانب بڑھ گیا۔

# باب (9)

بادلوں نے آفتاب کی تپش کو جذب کر رکھا تھا۔ اور سبزہ زار نظارے آنکھوں کو ٹھنڈک بخش رہے تھے۔

بھارت کے ادھورے خواب اب حقیقت کا جامہ پہن چکے تھے۔

وہ ایک چٹان پر لیٹا آبشار کی نہ ختم ہونے والی آواز سن رہا تھا جو ایک ان تھک اٹوٹ زندگی کی طرح دن رات خاموش ماحول میں ایک شور مچائے رکھتی ہے۔ آبادی سے دور سناٹے کو چیرتی ہوئی آبشار وادی میں گر رہی تھی۔ اور وہ اس کا شور سن رہا تھا۔ قریب ہی ایک پتھر کا سہارا لئے آرتی بیٹھی کبھی چاندی بکھیرتے جھرنے کو دیکھتی تو کبھی گرد و نواح میں پھیلی سرسبز پہاڑیوں کو جن کی چوٹیوں کو بادل چوم کر نکل جاتے اور فضا میں نمی چھوڑ جاتے۔ ٹھیک ان بادلوں کی طرح اس کے جذبات بھی مچل رہے تھے اور اس کے جسم کے روئیں روئیں میں ایک میٹھا درد چھیڑتے جا رہے تھے۔

جھرنے سے نگاہ ہٹا کر ایک نظر اس نے بھارت کو دیکھا۔ جو ایک ٹک

ہوا وادی میں گرتی ہوئی پھوہار کو دیکھ رہا تھا۔ شاید اس کے دل میں ایسی ہی پھوہار ہو رہی تھی۔ ایسا ہی جلترنگ بج رہا تھا۔ جیسے وہ آج تک غیر سمجھ رہی تھی۔ آج وہ اسے اجنبی نہ لگ رہا تھا۔ بلکہ اپنی زندگی کا ایک حصہ معلوم ہو رہا تھا۔ جس کے بغیر زندگی ایک خلا سی معلوم ہو رہی تھی۔

وہ دل ہی دل میں خوش تھی کہ جس منزل کو وہ ایک مہم سمجھ رہی تھی وہ کس آسانی سے طے ہو گئی ہے۔ جن جذبات کا اظہار کرنے سے وہ ڈر رہی تھی وہ اپنے آپ اس کے سامنے آ گئے تھے۔ وہ اٹھی اور بھارت کے قریب آ بیٹھی

"کیا سوچ رہے ہیں آپ؟" ــــــ اس نے اچانک سوال کر دیا۔ بھارت نے پلٹ کر اسے دیکھا اور وہ کھسک کر اس کے قریب آ گئی۔ دونوں کی آنکھوں میں جھرنے کا ہی عکس تھا۔ وہ مسکراتے ہوئے بولا ــــــ "یہ جھرنا" چند لمحے رکنے کے بعد اس نے اپنے ہاتھوں پر دھڑ اٹھایا۔ اور بولا ــــــ "کس قدر خوبصورت ہے؟ ــــــ کیوں؟"

"یہ بھی کوئی پوچھنے کی بات ہے؟"

"بپھرتا پانی وادی میں گرتا ہے تو ایک گونج اٹھتی ہے۔ دل دہلنے لگتا ہے اور جب یہی پانی وادی میں ندی کی طرح رینگنے لگتا ہے تو کتنا پرسکون ہو جاتا ہے خاموشی سے منزل کی جانب بڑھتا جاتا ہے"

"لیکن اس پانی کے سینے میں چھپے ہوئے طوفان زائل نہیں ہوتے ــــــ" آرتی نے فوراً جواب دیا۔ بھارت نے اس کی آنکھوں کی شوخی کو ناپا اور بولا "ٹھیک ایک عورت کی طرح ــــــ آنکھوں میں شوخی ہو ــــــ یا شرم مسرت ہو یا آنسو ــــــ امڈتے جذبات گھٹا بنے ہی رہتے ہیں۔ کیوں آرتی؟"

آرتی شرمسار ہو کر ایک جانب جانے لگی۔ بھارت نے لپک کر اس کا بازو

پکڑ لیا وہ رُک گئی اور اپنا ہاتھ اس کی گرفت سے چھڑانے کی ناکام کوشش کرنے لگی۔ جونہی اس کی گرفت ذرا ڈھیلی ہوئی۔ آرتی نے ہاتھ کھینچ لیا۔ اور بھاگ نکلی۔ بھارت نے اسے آبشار کی جانب بھاگتے دیکھا تو اُٹھ کر اس کا پیچھا کرنے لگا۔

آرتی نے تیزی سے اپنے آپ کو ایک چٹان کی اوٹ میں چھپالیا۔ اور جلدی جلدی ڈھلان پر اُترتی ہوئی ایک پتھریلی سطح پر جا رُکی۔ اُس نے اپنے آپ کو سکوڑا۔ اور ایک غار میں کھڑی ہو گئی۔ غار کے اوپر سے آبشار گر کر وادی کی گہرائیوں میں گر رہی تھی۔ پانی کے شور سے تمام وادی گونج رہی تھی اس شور کے سوا اور کچھ سنائی نہ دے رہا تھا۔ آرتی نے اپنے جذبات اور دل کی دھڑکن کو چند لمحے کے لئے اس شور میں گم کر دیا۔ اور آنکھیں بند کر کے اس شور سے لطف اندوز ہونے لگی۔ بپھرا پانی جب اچھلتا تو ہوا میں ناچتی ہوئی پانی کی پھوہار آرتی کے چہرے سے بھی آ ٹکراتی۔ وہ دنیا کو بھول کر اس تنہا گوشے میں کھڑی کسی آواز کا انتظار کر رہی تھی۔

تھوڑی دیر میں ہی وہ آواز اس کے کانوں سے آ ٹکرائی۔ بھارت "آرتی۔ آرتی" کی پکار لگائے اسے تلاش کر رہا تھا۔ اور وہ خاموش کھڑی اس کی بیقراری کا امتحان لے رہی تھی۔ اسی وقت اس نے بلند آواز میں چلّا کر اسے پکارا۔ آواز تمام وادی میں گونج اٹھی۔ اس بلند آواز کو سن کر تو وہ بھی چونک گئی۔ اس نے آنکھیں پھاڑ کر جب پھوہار کی دھند میں سے جھانکا تو وہ سامنے کی چٹان پر کھڑا اُسے پکار رہا تھا۔ وہ آبشار کے بالکل قریب آ گیا اور اپنے چاروں جانب نظریں دوڑانے لگا۔

آرتی نے اُسے جب اپنے بالکل قریب دیکھا تو سمٹ کر غار کی دیوار سے

لگ گئی۔ اور آبشار کے پانی میں بھارت کا عکس دیکھنے لگی۔ وہ پریشان ہو کر اُسے ڈھونڈ رہا تھا۔ اچانک وہ ڈھلان اتر کر آبشار کے نیچے آ گیا اور بالکل اُس غار کے سامنے بیٹھ کے گرتی ہوئی آبشار کو دیکھنے لگا۔ آرتی نے سانس روک لیا۔ اور دل کی دھڑکن قابو کئے اسے غور سے دیکھنے لگی۔ وہ دو ہی ہاتھ کے فاصلے پر کھڑا اسے کھوج رہا تھا۔

پھوہار کی دھند ہٹی تو اس نے پلٹ کر سامنے کے غار میں جھانکا اور بت بنی آرتی کو دیکھ ہکا بکا رہ گیا۔ جیسے وہ اتنی دیر سے تلاش کر رہا تھا۔ وہ اس کے کتنا قریب کھڑی اس کے ارمانوں کو تول رہی تھی۔ بھارت کو دیکھ کر وہ بھیگی بلی بنی ہوئی پتھریلی دیوار سے چپک گئی۔ سرخ چہرے پر پھوہار قطرے بن کر پگھل رہی تھی۔ بھارت پہلے تو سنجیدہ صورت اسے دیکھتا رہا۔ پھر مسکراتا ہوا اس کی جانب بڑھا۔ وہ سہم گئی۔ شرم و حیا کی سرخی شوخی بنی گالوں پر چھلک رہی تھی۔ اس کی خاموش نگاہوں سے پیار یوں برس رہا تھا۔ جیسے جھرنے کی پھوہار آج سے پہلے بھارت نے اس کی آنکھوں میں ایسی شوخی اور محبت کی جھلک نہ دیکھی تھی۔ وہ قدم اٹھاتا ہوا اس کے بالکل قریب جا پہنچا۔ اور اس کی لجا برساتی پتلیوں میں جھانکنے لگا۔ مست آنکھوں میں ارمانوں کی گھٹا ——— گرتے آبشار کا نہ ختم ہونے والا شور اور اس قید غار میں دو دھڑکتے ہوئے دل ——— دو سلگتی ہوئی جوانیاں ——— دو ٹکرائے ہوئے طوفان۔

جذبات سے بے قابو ہو کر دونوں ایک دوسرے کو دیکھ رہے تھے۔ بھارت نے لپک کر آرتی کا ہاتھ تھاما۔ وہ سہم گئی۔ اکھڑا ہوا سانس ایک رومان بھری سنسناہٹ چھوڑ گیا۔ اور وہ اپنے آپ کو ان طوفانوں کی لپیٹ میں کھو بیٹھی۔

اسے کچھ ہوش نہ تھا۔ ہونٹ سلگ رہے تھے۔ وادیوں میں ابھرتے بادلوں نے دونوں کو اپنی لپیٹ میں لے لیا تھا۔ اور پھوہار کے بھیگے موتی اس کی دہکتے ہوئے گالوں پر یوں پھوٹ رہے تھے۔ جیسے کوئی گرم گرم انگاروں پر پانی کے چھینٹے مار رہا ہو۔

جب بادل چھٹ گئے۔ تو سامنے گرتی آبشار پھر سے نکھر آئی۔ وہ پتھریلی چٹان کا سہارا لیئے ان میں رستے پانی کو انگلی سے نکھار رہی تھی۔ وادی میں جھرنے کا ویسا ہی شور تھا۔ اور اس کے جسم سے پھوٹتے ہوئے پسینے کے قطرے بہہ بہہ کر رستے جا رہے تھے۔ بھارت کی آواز آئی۔ وہ اسے پکار رہا تھا۔

آرتی نے چہرہ گھما کر ترچھی نگاہ سے بھارت کو دیکھا۔ وہ قریب کھڑا پیار بھری نظروں سے اسے دیکھ رہا تھا۔ وہ شرما گئی۔ اور لڑکھڑاتی ہوئی بھارت کے سینے پر جا گری۔ بھارت نے لپک کر اسے بازوؤں میں تھام لیا اور اس کے کھلے گیسوؤں میں انگلیاں پیوست کرتے ہوئے بولا۔

"کیوں کیا ہوا؟"

"تھک گئی ہوں۔ اب چلئے۔ کہیں ....."

"گھبراؤ نہیں۔ میں سہارا دیئے ہوئے ہوں۔"

"ڈرتی ہوں۔ کہیں یہ سہارا ٹوٹ نہ جائے۔"

"آرتی!" ——— وہ اس کا چہرہ اپنے سامنے لاتے ہوئے بولا۔

"تمہیں تو مجھ پر پورا بھروسہ ہے۔"

"مجھے نہیں ——— میرے دل کو ———" وہ تھرتھراتی آواز میں بولی

"بھروسہ دل کو چاہیئے۔ وہ کبھی غلطی نہیں کرتا۔"

"اگر غلطی کر جائے۔ تو جانتے ہیں۔ کیا ہوتا ہے؟"

"کیا؟" ——— وہ بے ساختہ بولا۔

"دین و دنیا دونوں میں تباہی۔"

"ایسا نہ سوچو ——— آرتی! تم نے آج زندگی میں پہلی بار مرد کا سہارا لیا ہے ایک ایسے مرد کا جو تمہارے ساتھ کبھی بے وفائی نہیں کر سکتا۔"

"سچ؟" اس نے اپنے معصوم انداز سے آنکھیں کھولتے ہوئے کہا اور بھارت نے مسکرا کر اثبات میں گردن ہلا دی۔ آرتی کو ایسا محسوس ہوا جیسے منجدھار میں اسے کسی مضبوط شئے کا سہارا مل گیا ہو۔

بادل اچانک برسنے لگے۔ دونوں تیزی سے ایک دوسرے کو تھامے ڈھلان سے اوپر آئے۔ اور بارش سے بچنے کے لئے سڑک پر کھڑی موٹر کار کی جانب بھاگے۔ برسات تیز ہوتی گئی۔ جب دونوں کار تک پہنچے تو بالکل بھیگ چکے تھے۔ بھارت نے جلدی سے کار کا دروازہ کھولا اور آرتی اور وہ دونوں اندر آبیٹھے۔ جب کار میں بیٹھ کر انھوں نے وادی کو دیکھا۔ تو وہ برسات سے گھر چکی تھی۔ دور تک کچھ سجھائی نہ دیتا تھا۔ بس ایک آبشار کا شور تھا جو مسلسل سنائی دے رہا تھا۔

جب وہ ریسٹ ہاؤس میں پہنچے تو بارش تھم چکی تھی لیکن فضا بھیگی ہوئی تھی۔ گھنے بادلوں سے دوپہر شام بنی ہوئی تھی بھیگی جوانی نے جوں ہی کمرے میں قدم رکھا بھارت نے ایک کر بتی روشن کر دی۔ آرتی نے اپنے جسم کو جلدی سے تولئے سے لپیٹ لیا۔ وہ سردی سے کانپ رہی تھی۔ بھارت نے اسے جلدی سے کپڑے تبدیل کرنے کو کہا۔ اور خود بھی اپنے کمرے میں کپڑے تبدیل کرنے چلا گیا۔

کپڑے تبدیل کر کے جب وہ آرتی کے کمرے میں لوٹا۔ تو بستر میں کمبل اوڑھے وہ لیٹی ہوئی تھی۔ تکئے پر بال بکھرے ہوئے تھے۔ اور چھینکوں سے بُرا حال ہو رہا تھا۔ بھارت تیزی سے قریب آیا۔ اور بولا ــــ "سردی لگ گئی کیا؟"

"ہوں۔ ڈرتی ہوں کہیں بخار نہ ہو جائے۔"

بھارت نے فوراً اس کے جسم کو چھوا۔ معمولی سی حرارت تھی۔ وہ فوراً اپنے کمرے میں آگیا۔ اور اپنا اٹیچی کیس اٹھا لایا۔ آرتی غور سے اس کو دیکھنے لگی اس نے کواڑ بند کر دیئے۔ اور اٹیچی کیس میں سے برانڈی کی بوتل باہر نکالی۔ آرتی بوتل دیکھتے ہی بے ساختہ پوچھ بیٹھی ــــ "یہ کیا؟"

"برانڈی۔ تھوڑی سی لے لو۔ ابھی سردی بھاگ جائے گی؟"

"آپ تو جانتے ہیں۔ میں اسے منہ بھی نہیں لگاتی۔"

"اس میں برائی کیا ہے۔ یہ تو دوا ہے۔"

"آپ بھی روزانہ اسے سردی دور بھگانے کے لئے لیتے ہیں۔"

"نہیں ...... ہاں تو ......" وہ بوکھلایا اور پھر بولا ......

"میری تو بات ہی اور ہے۔"

"کیا؟"

"کبھی کبھار جب دل و دماغ پریشان ہو تو اسے سکون دینے کے لئے پی لیتا ہوں۔"

"میرے آنے کے بعد کیا اس کی ضرورت ہوگی؟"

بھارت بھونچکا رہ گیا۔ وہ آرتی کے سوال کا جواب دینے کے لئے ذرا دیر رک گیا۔ اور پھر رکتے رکتے بولا ــــ "جب تم قریب ہو گی۔ تو پریشانی کیا؟"

"تو بند کر دیجئے کارک"

"لیکن تم ـــــ تھوڑی سی ـــــ دوا سمجھ کر۔"

"اوں ہوں۔ آپ میرے قریب ہوں گے۔ تو سردی خود ہی بھاگ جائیگی اس برانڈی کا کیا۔ سردی گئی تو کچھ اور علوت نہ پڑجائے گی۔"

بھارت خاموش ہو گیا۔ اور کارک لگا کر بوتل کو دوبارہ اٹیچی کیس میں بند کرنے لگا۔ بند کرتے کرتے اس کے ہاتھ رک گئے اور کچھ سوچ کر وہ کھڑکی تک گیا اور جھٹ برانڈی کی بوتل اٹھا کر کھڑکی سے باہر کھڈ میں پھینک دی۔ آرتی چونک کر اٹھی۔ اور اس کے منہ سے بے ساختہ نکلا ـــــ "یہ کیا؟"

"اب اس کی ضرورت نہ ہوگی۔"

"لیکن نقصان کرنے سے فائدہ؟"

"حلق میں جاتی یا کھڈ میں بات تو ایک ہی ہے۔ فائدہ تو کہیں بھی نہ تھا۔"

آرتی مسکرا دی اور اس کا اٹیچی کیس بند کرنے لگی۔ یکایک اس کی نظر ایک پیکیٹ پر پڑی۔ جسے دیکھتے ہی وہ رک گئی۔ اور اسے چھوتے ہوئے بولی۔ ـــــ "یہ کیا ہے؟"

"اوہ میں بھول ہی گیا ـــــ" وہ لپک کر قریب آیا اور پیکیٹ کھولتے ہوئے بولا۔

"تمہارے لئے لایا تھا۔"

"کیا؟"

"ساڑھی" ـــــ اس نے پیکیٹ کھول کر ساڑھی بازو پر پھیلا دی۔ آرتی نے غور سے دیکھا۔ یہ وہی سفید ساڑھی تھی۔ جو اس نے پسند کی تھی لیکن قیمت سن کر چھوڑ آئی تھی جس ساڑھی کو لینے سے اس نے انکار کر دیا تھا اب اسے دیکھ کر اس

میں ہمت نہ تھی کہ وہ بھارت کو انکار کر سکے۔ اس نے مسکراتی ہوئی نگاہوں سے ایک بار بھارت کو دیکھا۔ اور پھر اپنی انگلیوں سے اسے چھونے لگی۔

"اب تو اسے نہ ٹھکراؤ گی؟" ——— بھارت نے یکایک پوچھا۔

"اوں ہوں" ——— اس نے ساڑھی کو اپنے ہاتھ میں لیا۔ اور اپنے کندھے پر پھیلا کر پھر پوچھنے لگی۔ ——— "کیسی لگتی ہے؟"

"یہ ساڑھی یا تم ——— ؟"

"دونوں......" وہ شوخ ادا سے بولی۔

"بہت دلکش۔ ایک دوسرے سے بڑھ چڑھ کر۔"

"اسے ایک تحفہ سمجھوں یا آپ کی نشانی؟"

"دل سے پوچھ لو۔"

"وہ تو کچھ اور کہتا ہے۔"

"کیا؟"

ایک مرد کا وعدہ ——— شرم وحیا کا آنچل جس میں آپ کا پیار سمیٹ لوں۔"

"آرتی!"

"ہاں بھارت جی!"

"میں اس دن کا انتظار کروں گا۔"

"اور میں بھی۔ کہیے کب تک بلا لیجیے گا۔ اپنے گھر؟"

"جب تم چاہو۔"

"میں تو حاضر ہوں۔ لے چلیے!" ——— آرتی نے اپنے بازو پھیلائے اور دونوں ہاتھ بھارت کے ہاتھوں میں دے دیے۔ بھارت نے

اس کی شوخ ادا کو جانچا اور آنکھوں میں جھانکتے ہوئے اُسے اپنے قریب کھینچ لیا۔ اور اس کے کانوں میں آہستگی سے بولا ———

"جلدی سے تیار ہو جاؤ۔ کھانے کے فوراً بعد ہم چل پڑیں گے"

"کہاں؟"

"بمبئی۔ رات کا پلین جو پکڑنا ہے۔"

"اوہ۔ تو آپ جائیے۔ کھانے کا آرڈر دیجئے۔ اتنے میں میں تیار ہو جاتی ہوں"

بھارت نے اس کے دونوں ہاتھوں کو چھوڑ دیا۔ اور وہ بستر پر جا گری۔ بھارت تیزی سے باہر نکل گیا۔ آرتی نے پہلے اسے اور پھر اس ساڑھی کو دیکھا اور گنگناتی ہوئی کپڑے تبدیل کرنے چلی گئی۔

# باب (۱۰)

رات کے دس بجنے کو تھے۔ بھارت آرتی کو اس کے گھر چھوڑ کر اپنے گھر لوٹ رہا تھا۔ آج وہ بے حد خوش تھا۔ اُسے یوں لگ رہا تھا۔ جیسے اس کی زندگی کا ایک مدت کا خلا اچانک بھر گیا تھا۔ اس کی آنکھوں کے سامنے اب تک وہ حسین نظارے اور دلفریب منظر گھوم رہے تھے۔ جن میں وہ چند روز تک کھویا رہا تھا۔ چاندی کے سے بہتے جھرنوں کا عکس اب تک اس کے دماغی اندھیرے گوشوں کو جگمگا رہا تھا۔

"ایسا ممکن ہے کیا۔ آرتی! تم میرے اندھیرے جیون کو جگمگا دو۔"
یہ سوال اچانک پھر اس کے دماغ میں آ گیا۔ اور اس کے دل میں گدگداہٹ ہونے لگی۔ آرتی کی وہ شبیہہ اس کے سامنے آ گئی۔ جب وہ یہ سُنتے ہی پسینہ پسینہ ہو گئی تھی۔ اور پھر شرم سے اس کا چہرہ لال پڑ گیا تھا۔ اس کے بعد اس کی آنکھوں کے سامنے شرم و حیا کی وہ تصویر آ گئی۔ جب وہ پتھریلی چٹان کا سہارا لئے آبشار کے نیچے کھڑی تھی۔ وہ تصورات میں اس کے انداز پہ مسکراتے ہوئے گھر چلا آ رہا تھا۔

ٹیکسی جونہی پھاٹک عبور کر کے پورچ میں آکر رکی۔ وہ بے ساختہ باہر نکلا۔ اور میٹر کا کرایہ دیتے ہوئے ڈرائنگ روم میں داخل ہوا۔ بچوں کے کمرے کی بتی بند تھی۔ شاید وہ سو چکے تھے۔ رسوئی گھر میں شمبھو ابھی کام کر رہا تھا۔ اس نے آواز دینا مناسب نہ سمجھا۔ اور اندرونی کمرے میں اٹیچی کیس اٹھائے داخل ہو گیا

سائیڈ لیمپ کی دھندلی روشنی میں اس کا کمرہ نکھرا ہوا تھا۔ اس نے اٹیچی کیس ایک جانب رکھ دیا۔ اور لپک کر چھت کی بتی روشن کر کے جوں ہی کوٹ اتار کر گھوما۔ فرش پر کسی کو بیٹھے دیکھ کر اس کی چیخ نکلتے نکلتے رہ گئی۔ وہ سر سے پاؤں تک یکایک کانپ گیا۔ جیسے اچانک اس کے جسم سے کوئی برقی تار چھو گیا ہو۔ اس کی آنکھیں پتھرا گئیں۔ اسے اپنی آنکھوں پر یقین نہ آ رہا تھا فرش پر اس کے سامنے کملا بیٹھی تھی۔

بھارت کو بوکھلایا ہوا دیکھ کر اس نے اپنی نم آلودہ پلکوں کو اٹھایا۔ اور اپنی تھکی ہوئی آنکھوں سے اسے دیکھا۔ وہ حیران ہو کر کانپتی ہوئی آواز سے اتنا ہی کہہ پایا —— "تم —— یہاں؟"

"ہاں — میں دوپہر سے بیٹھی ہوں۔"

"جیل سے بھاگ نکلیں کیا؟" —— وہ بے ساختہ بولا۔

"رہائی مل گئی ہے —— انہوں نے یہ پرچا کاٹا ہے ——" کملا نے ایک تھیلے میں سے پرچہ نکال کر بڑھایا۔ بھارت نے کانپتے ہاتھوں سے تھاما اور اپنی پتھرائی ہوئی نظروں سے اسے پڑھنا شروع کر دیا۔

کملا نے جھوٹ نہ کہا تھا۔ وہ کوئی خواب نہ دیکھ رہا تھا۔ یہ حقیقت تھی۔ بیماری اور اچھے سلوک کی بنا پر اس کی بقایا سزا معاف کر دی گئی تھی۔ کملا کے لئے مسرت کی بات تھی۔ لیکن بھارت کے سر پر پہاڑ ٹوٹ

پڑا۔جب تک وہ جیل میں تھی۔وہ دل کو تسلی دیئے بیٹھا تھا۔اب جو وہ باہر آگئی تو طوفان برپا ہو جائے گا۔اس پر پریشانیوں کا جمگھٹ لگ جائے گا۔وہ اپنے حقوق مانگے گی۔بچوں کا پیار مانگے گی۔جو بچے بچپن سے یہ یقین کئے بیٹھے ہیں کہ ان کی ماں مرچکی ہے۔جب وہ یہ جانیں گے کہ ڈیڈی نے ان سے جھوٹ کہا تھا۔وہ زندہ ہے۔ایک خونی ہے۔اور ساڑھے سات سال سے قید کی تاریک کوٹھڑی میں سڑ رہی تھی۔تو ان کے دل پر کیا گزرے گی۔جب یہ سب باتیں آرتی کے کانوں تک پہنچیں گی تو وہ کیا سوچے گی۔اس کے حسین خواب پل بھر میں بکھر گئے۔چند لمحوں میں ہی اس کے دماغ میں ہزاروں خیالات ابھر پڑے۔وہ غصے سے کانپتے ہوئے سنبھلا اور کڑی نگاہ سے سامنے بیٹھی کملا کو دیکھا۔

"تو یہاں کیا لینے آئی ہو؟" ——— اس نے غصے میں کملا سے پوچھا۔

"اپنے گھر نہ آتی۔تو کہاں جاتی؟"

"جہنم میں۔میں کیا جانوں۔ہمارے لئے تم کب کی مرچکی ہو۔"

"موت آجاتی تو پھر کیا تھا۔لیکن وہ تو نہیں آئی۔"

"تو دور ہو جاؤ میری نظروں سے۔اب اس گھر میں تمہاری چھایا بھی پڑے یہ برداشت نہ ہو گا مجھ سے۔"

"ٹھنڈے دل سے سوچئے۔بھگوان نے سزا بھی دی۔اور سماج نے زخم کھا کر چھوڑ بھی دیا۔پھر آپ مجھ پر دیا نہ کیجئے گا۔"

"دیا ——— اور تم پر ——— ایک خونی عورت پر۔جس ڈائن نے میرے بھیا کو جوانی میں ہی ہمیشہ کے لئے سلادیا۔وہ دیا کی بھیک مانگتی ہے مجھ سے!ہٹ جاؤ میری نظروں سے۔"

"ایک ممتا کی ماری پر رحم کھائیے!"

"خبردار جو زبان پر بچوں کا نام کبھی لائی۔ تو ان کے لئے مر چکی تو ان کی ماں نہیں۔ ڈائن ہے۔ چلی جا۔ ورنہ.........."

وہ غصے میں کانپتے ہوئے کہہ گیا۔ کملا فرش چھوڑ کر کھڑی ہو گئی۔ اور ہاتھ باندھ کر سامنے آ گئی۔ اس کی آنکھوں سے آنسو چھم چھم بہہ نکلے۔ پھر وہ زور سے گھگیاتے ہوئے بولی ـــــ "آپ تو جانتے ہیں۔ میرا جیون زیادہ دن نہیں۔"

"اسی لئے تو کہا ہے۔ خود تو مرنا ہے۔ دوسروں کو کیوں اپنی لپیٹ میں لینا چاہتی ہو۔ میرے لئے نہیں۔ تو ان بچوں کی بھلائی کے لئے ہی ان پر اپنا مردار سایہ نہ ڈالو۔"

"ایک عرض کروں۔"

"کیا ہے؟" ـــــ بھارت نے بے رخی سے سوال کیا۔

"ایسا ممکن نہیں کیا۔ آپ مجھے اس گھر میں داسی رکھ لیں۔"

"نہیں!"

"آپ سوچئے تو۔ بھگوان کی سوگند کھا کر کہتی ہوں۔ یہ زبان کبھی نہ کھلے گی۔ مر جاؤں گی کسی کو علم نہ ہو گا۔ میں بچوں کی ماں ہوں۔ ایک داسی بن کر ان کی سیوا کرونگی۔ صرف اس لئے کہ ممتا کی پیاس بجھ جائے۔"

جب وہ بول چکی تو بھارت نے لپک کر پچھواڑ کا دروازہ کھول دیا۔ اور بولا۔ "یہ میرا آخری فیصلہ ہے۔ تم اس گھر میں نہیں رہ سکتیں۔ اب تم جا سکتی ہو۔"

یہ کہہ کر غصہ میں بھرا وہ اپنی خوابگاہ میں چلا گیا۔ کمرے میں اندھیرا

تھا۔ اس نے بتی روشن کرنے کو ہاتھ بڑھایا۔ لیکن رُک گیا۔ وہ اُجالے سے ڈر رہا تھا۔ اس نے لاپرواہی سے اپنے جسم کو دیوار کا سہارا دیا۔ اور اس اندھیرے میں چند لمحے سکون کی تلاش کرنے لگا۔

اچانک جو اس نے کھلی کھڑکی سے جھانک کر باہر دیکھا تو اندھیرے میں لڑکھڑاتی ہوئی کملا باہر جارہی تھی۔ وہ تیزی سے باہر برآمدے میں آیا۔ اور چھپتا چھپاتا کوٹھی کا پھاٹک بند کردیا۔ اور جب تک وہ آنکھوں سے اوجھل نہ ہوگئی۔ وہ بت بنا وہیں رُکا رہا۔

اس نے اپنی خواب گاہ کی جانب بڑھنے سے پہلے بچوں کے کمرے میں جھانک کر دیکھا۔ دونوں سو رہے تھے۔ گورنس فرش پر سو رہی تھی۔ وہ آہٹ دبائے اندر آیا۔ اور دونوں کے ننگے جسم کو کمبل سے ڈھک کر اپنے کمرے میں چلا آیا۔ اس نے الماری کھولی۔ اور اپنے پریشان کو سکون دینے کے لئے گلاس میں ایک پیگ وسکی کا انڈیلا۔ اسی وقت اس کے دماغ میں آرتی کے یہ الفاظ سنائی دیئے۔ ——

"میرے آنے کے بعد بھی کیا۔ اس کی ضرورت پڑے گی؟"

وہ کانپ کر رُک گیا۔ ایک نگاہ گلاس پر ڈالی۔ اور پھر گھوم کر کمرے کو چاروں طرف سے دیکھا۔ وہاں کوئی نہ تھا۔ دل و دماغ میں کشمکش تھی۔ دل و دماغ پر غالب ہوگیا۔ اور اس نے ڈرتے ڈرتے شراب اپنے حلق میں انڈیل لی۔

آہٹ سن کر وہ چونک گیا۔ الماری جھٹ بند کردی۔ اور پلٹ کر دیکھا شمبھو میز پہ پانی کی صراحی رکھ رہا تھا۔ مالک کو دیکھتے ہی بولا — "چھوٹے سرکار۔ آپ ——؟"

"ہاں شمبھو! ——— ابھی لوٹا ہوں"

"بچے تو برسوں سے آپ کی راہ دیکھ رہے تھے۔"

"کام ختم نہ ہوا تو رُکنا پڑا۔ کہو بچے کیسے ہیں" ——— وہ فوراً بات بدلتے ہوئے بولا۔

"ٹھیک ہیں۔ لیکن اس نئی آیا سے بے حد تنگ ہیں۔"

"کیوں؟"

"بات بات پر ٹوکتی ہے۔ جو مانگتے ہیں۔ نہیں دیتی۔ باغ میں کھیل رہے ہوں تو پکڑ کر اندر لے جاتی ہے۔ مجھ سے یہ ظلم دیکھا نہیں جاتا۔"

"یہ ظلم نہیں شمبھو! زیادہ لاڈ پیار بھی اچھا نہیں ہوتا۔ ہر بات وقت پر ہو۔ اسی لئے وہ ایسا کرتی ہے۔" ——— بھارت نے کہا اور پلیٹ کر وہسکی کا ایک پیگ اور گلاس میں انڈیلا۔ جوں ہی اس نے گلاس پینے کو اٹھایا۔ اس میں شمبھو کا عکس آیا۔ جو ابھی تک پیچھے کھڑا تھا۔

"کام ختم ہو گیا۔ شمبھو!" ——— بھارت نے ایک گھونٹ لیتے ہوئے پوچھا۔

"جی سرکار!"

"تو جاؤ" ——— آرام کرو۔ رات بہت ہو چکی۔"

شمبھو چند لمحے چپ رہا۔ پھر کانپتی ہوئی آواز میں بولا ———

"چھوٹے سرکار!"

"کیا بات ہے شمبھو؟"

"کچھ بات ہی ایسی ہے سرکار! سوچتا ہوں کیسے کہوں؟"

بھارت نے پلٹ کر شمبھو کی کپکپاہٹ کا جائزہ لیا۔ اور سارا پیگ

ایک ہی بار حلق میں انڈیلتے ہوئے کہا۔ ۔ ۔ ——— "کملا آئی تھی؟"

"جی سرکار" ——— وہ بھوبچکا رہ گیا

"اور چلی بھی گئی۔ میں نے اُسے گھر سے نکال دیا ہے"

"اب کیا ہوگا چھوٹے سرکار! سنا ہے وہ رہا ہو گئی ہیں۔"

"یہ ہی تو میں سوچ رہا ہوں۔ شمبھو۔ اب اس گھر کا کیا ہوگا؟"

"میری مانئے مالک! اسے معاف کر دیجئے۔ بچوں کے لئے تڑپ رہی ہے"

"شمبھو!" ——— وہ غصے میں چلایا۔ شمبھو کانپا اور ہاتھ باندھ کر رہ گیا۔ چند لمحے وہ دونوں ایک دوسرے کو اکھڑی نگاہوں سے دیکھتے رہے۔ اور پھر بھارت نے سوال کیا۔

"کب آئی تھی؟"

"دوپہر بعد سرکار!"

"بچوں سے ملی کیا؟"

"جی مالک!"

"کیا کہا؟"

"مالک! میں تو رسوئی گھر میں تھا۔ اور وہ باغیچے میں کھیل رہے تھے۔ آتے ہی ان سے پیار کرنے لگی۔ جب میں باہر گیا تو ان سے الگ ہو گئی۔ اور بچے مجھ سے کہنے لگے۔ یہ کہتی ہے۔ میں تمہاری موسی ہوں۔"

"تم نے کیا کہا؟"

"ٹال دیا۔ اور بچوں کو آیا کے ساتھ کمپنی باغ میں بھجوا دیا۔ تب سے وہ آپ کے کمرے میں بیٹھی آپ کی راہ دیکھنے لگی۔"

"تم نے اُسے باہر کیوں نہ نکال دیا۔"

"میں مالکن کو کیونکر باہر نکال سکتا تھا۔ چھوٹے سرکار!"

بھارت خاموش ہو گیا۔ شمبھو نے مالک کی پریشانی کو دیکھا اور چپکے سے باہر چلا گیا۔ رات گذرتی جا رہی تھی۔ اور وہ پریشان ہو کر پیگ پر پیگ چڑھائے جا رہا تھا۔ نہ جانے پیتے پیتے کب وہ ہوش کھو بیٹھا۔ اور شراب چھوڑ کر بستر پر اوندھا جا سو یا تھا۔

صبح پھٹی ہی تھی کہ آرتی اور اس کی ماں ٹیکسی لئے پورچ میں آ پہنچیں۔ شمبھو نے رسوئی گھر کی کھڑکی سے جھانک کر جیب دونوں کو اترتے دیکھا تو تیزی سے بھارت کے کمرے کی طرف بھاگا۔ وہ ابھی تک اوندھا سو رہا تھا۔ شمبھو گھبرا گیا اور جلدی جلدی وہاں سے شراب کی خالی بوتل اور گلاس اٹھا کر الماری میں بند کر دیئے۔ بے ترتیب اشیاء کو درست کیا۔

وہ ابھی بھارت کو اٹھانے ہی کو تھا۔ کہ کمرے کے باہر آہٹ ہوئی اور آرتی قدم اٹھاتی وہاں تک آ پہنچی تھی۔ شمبھو کو چائے رکھتے ہوئے دیکھ کر بے ساختہ بولی۔

"سو رہے ہیں کیا؟"

شمبھو ہٹ کر الگ ہو گیا۔ اور حیرت زدہ آرتی کو دیکھنے لگا۔ جو آج بنا جھجک اس کے بستر پر جا بیٹھی تھی۔ وہ اسے جھنجوڑ کر جگانے لگی۔ اس نے نیند میں رخ بدلا۔ آرتی نے پلٹ کر شمبھو کو دیکھا۔ وہ چپکے سے باہر نکل گیا آرتی پھر مڑی اور بھارت کے پریشان بالوں کو پیشانی سے ہٹاتے ہوئے بولی۔

"چھوٹے سرکار! ——— تم اٹھئے۔ چائے ٹھنڈی ہو رہی ہے۔"

بھارت کی آنکھ کھل گئی۔ وہ اپنے قریب آرتی کو بیٹھے دیکھ کر بڑبڑایا اور وہ دھڑ اٹھا کر کہنیوں کا سہارا لئے کمرے کو گھبرائی نظروں سے دیکھنے لگا

آرتی اسے حیران دیکھ کر مسکرا دی۔ اور حلیمی سے بولی ——
"اٹھیے!"
"رات اتنا ہوش بھی نہ تھا جو کپڑے تبدیل کر لیتے۔"
"اوہ تم —— کب آئیں ——" وہ نیم باز آنکھوں کو مشکل سے کھولتے ہوئے بولا۔
"جب آپ دیکھ لیں۔"
"دراصل بات یہ تھی ——" وہ گھبراہٹ کو قابو کرتے ہوئے بولا۔ "تھکن سے ہوش ہی نہ رہا۔ کب آنکھ لگ گئی۔"
"آنکھیں تو یوں سُرخ ہو رہی ہیں جیسے رات بھر سوئے نہ ہوں۔"
آرتی کی بات سُن کر وہ کپکپا گیا۔ اور دائیں بائیں دیکھنے لگا شراب کی بوتل اور گلاس نہ دیکھ کر اس کو تسلی ہوئی۔ اور وہ اپنی کپکپاہٹ چھپانے کے لئے چائے بنانے لگا۔ آرتی نے ہاتھ بڑھا کر اُسے روک دیا اور خود چائے بنانے لگی۔ جب چائے کا پیالہ آرتی نے اُسے پیش کیا۔ تو وہ غٹا غٹ پینے لگا آرتی کو یہ کچھ عجیب سا لگا۔ وہ چائے پی رہا تھا لیکن اس نے ایک بار بھی آرتی سے نہ پوچھا تھا۔
اچانک اُسے نہ جانے کیا خیال آیا کہ وہ رُک گیا۔ اور بولا ——
"میں بھی عجیب آدمی ہوں۔ تم سے پوچھا ہی نہیں اور خود پیئے جا رہا ہوں"
"کوئی بات نہیں۔ آپ نے پی یا میں نے ایک ہی بات ہے۔"
"نہیں۔ دوسرا کپ منگواتا ہوں۔ شمبھو!"
"رہنے دیجئے۔ جلدی سے باہر آئیے۔"
"کیوں؟"

"ماں آئی ہے آپ سے ملنے"

آرتی کی بات پر وہ چونک گیا۔ اور اس پر کوئی سوال نہ کر سکا۔ آرتی مسکراتی ہوئی باہر چلی گئی۔ اور وہ ان کی اچانک آمد کی بابت کھڑا سوچتا رہ گیا۔ رات کا نشہ ابھی تک اس کے دماغ پر چھایا ہوا تھا۔ پریشان صورت شست بدن۔ سرخ آنکھیں۔ وہ بوجھل قدموں کو گھسیٹتا ہوا غسل خانے تک گیا اور نل کھول کر اپنا سر پانی کی پھوہار کے نیچے رکھ دیا۔

جب وہ ڈرائنگ روم میں آیا۔ تو صورت آراستہ تھی۔ آنکھوں کا خمار ختم ہو چکا تھا۔ کپڑے تبدیل ہو چکے تھے۔ آرتی نے چور نظر سے اُسے دیکھا۔ اور ہونٹوں تلے دبی مسکراہٹ کو پھیلاتے ہوئے ماں کی طرف دیکھا۔ بھارت نے آتے ہی ماں کو نمسکار کیا۔ وہ جواب میں اشیرباد دیتے ہوئے بولی۔

"غلطی اپنی تھی۔ جو صبح سویرے آدھمکے"

"نہیں تو ———— آج تو میں ہی دیر سے اٹھا۔"

"سفر کی تھکن ہو گی؟"

"جی"

بھارت نے نگاہ اٹھا کر آرتی کو دیکھا۔ جو ماں کا اشارہ سمجھ کر اٹھی اور بچوں کی بابت پوچھتی ہوئی اندر چلی گئی۔ بھارت اکیلا رہ گیا۔ رات بھر وہ پریشان رہا تھا۔ اور اب وہ آرتی کی ماں کے سامنے ملزم بنا بیٹھا تھا۔ وہ شاید یہ سب کچھ سمجھتی تھی۔ کہ اس کی بیٹی ایک اہم فیصلہ کر کے آئی ہے۔ ممکن ہے وہ اس بات سے بھی آشنا ہو کہ وہ دونوں دو روز تک اکیلے پونا کی پہاڑیوں میں ایک دوسرے کو پانے کے لئے کھوئے رہے۔ وہ خاموش بیٹھا سوچ ہی رہا تھا کہ ماں کے سوال نے اُسے چونکا دیا۔

"اتنے بڑے گھر میں اکیلے رہتے ہو کیا؟"

"جی"۔۔۔۔ وہ چونکتے ہوئے بولا اور پھر کہنے لگا۔۔۔۔"نہیں۔ دو نیچے ایک نوکر اور ایک اُن کی آیا بھی ہے۔"

اس کی گھبراہٹ اور بچوں کا سا جواب سن کر وہ مسکرا دی۔ اور پھر پوچھنے لگی۔۔۔۔"کوئی بہن یا بھائی بھی ہے؟"

ایک بھائی تھا۔ گذر گیا۔ آٹھ برس ہو گئے۔ اب اکیلا ہوں۔"

"اوہ۔ آرتی کہہ رہی تھی۔ تمہاری پتنی کو مرے بھی لگ بھگ آٹھ برس ہو چکے۔"

"جی!"۔۔۔۔ اس نے پیشانی پر آئے ہوئے پسینے کو رومال سے صاف کرتے ہوئے کہا۔

"بیٹا! سنجوگ کہاں ملتے ہیں۔ کچھ کہا نہیں جاتا۔ آرتی میری بیٹی ہی نہیں بلکہ میری دنیا ہے۔ نصیب نے اس کے سر سے باپ کا سایہ تو اٹھا لیا۔ لیکن میں نے اس کی پرورش میں کوئی کسر نہیں چھوڑی۔"

بھارت نے ماں کی آنکھوں میں ضبط ہوئے آنسوؤں کو دیکھا۔ اور پھر اس طرف جہاں آرتی گئی تھی۔ وہ ابھی تک بچوں کے کمرے سے نہ لوٹی تھی۔ بھارت بوکھلایا ہوا دائیں بائیں دیکھ رہا تھا۔ اس کی سمجھ میں کچھ نہ آرہا تھا۔ کیا کہے کیا نہ کہے۔ آرتی کی ماں نے بیگ میں سے ایک ڈبیہ باہر نکالی۔ اور ایک انگوٹھی نکال کر بھارت کا ہاتھ مانگا۔ اس نے اپنا ہاتھ بڑھا دیا۔ ماں نے آنکھوں میں مسرت کے آنسوؤں کو پیتے ہوئے۔ وہ انگوٹھی بھارت کی انگلی میں پہنا دی۔ وہ پسینہ پسینہ ہو گیا۔

"آج کے شبھ دن میں اس کی سگائی تم سے پکی کرتی ہوں۔ اور بھگوان سے پرارتھنا کرتی ہوں۔ تم دونوں کی جوڑی سدا سلامت رہے۔ پھولو۔ پھلو اور

مل کر دونوں بچوں کا مستقبل روشن کرو!"

بھارت کی آنکھوں میں بھی آنسو آ گئے۔ جب اس نے سامنے دیکھا تو آرتی پردے کے پیچھے مسکرا رہی تھی۔ بھارت کی نظروں نے جب اسے دیکھا تو وہ مسکرا دی اور پھر زبان نکالتے ہوئے۔ اسے چھیڑتے ہوئے پردہ گرا دیا۔

بھارت نے ماں کے پاؤں چھوئے۔ اور رکتے رکتے بولا۔

"ماں! تم آرتی کی ماں نہیں۔ ہم دونوں کی ماں ہو۔ میں وعدہ کرتا ہوں۔ آرتی کبھی نراش نہ ہوگی۔"

پردے کی اوٹ میں چھپی آرتی نے بھی یہ الفاظ سنے۔ اس کی باچھیں کھل گئیں اور وہ دیوانہ وار بھاگتی ہوئی بغل والے کمرے میں داخل ہوئی۔ بچے سکول جانے کو تیار ہو رہے تھے۔ اس نے لپک کر دونوں کو یکبارگی گلے لگا لیا اور پلکیں موند کر آنے والے دنوں کا قیاس کرنے لگی۔ جب وہ ان کو اپنے بچے کہہ سکے گی+

# باب (۱۱)

"ڈیڈی! شمبھو کاکا کہہ رہا تھا۔ اب دیدی ہمارے گھر آ کر رہے گی۔"

انیتا کا یہ سوال سن کر بھارت حیران رہ گیا۔ اور ابھی اسے جواب دینے کی سوچ ہی رہا تھا کہ انل بولا۔

"ڈیڈی! دیدی آ گئی تو ہم اس گورنس کو نکال دیں گے۔"

"کیوں؟" ——— بھارت نے بے ساختہ پوچھا اور کپڑے تبدیل کرنے لگا۔

"یہ ہمیں تنگ کرتی ہے۔ اس لئے"

"اور دیدی؟"

"وہ تو بہت اچھی ہے۔ ہمیں پیار کرتی ہے۔ اچھی اچھی چیزیں لا کر دیتی ہے۔ اور........"

"ہاں ڈیڈی!" ——— انیتا نے بھائی کی بات کاٹتے ہوئے کہا۔

"دیدی کب آئے گی؟"

"میں کیا جانوں۔ شمبھو کاکا سے پوچھ لینا۔"

"جھوٹ"

"کیا؟"

"آپ تو سب جانتے ہیں۔ بتائیے نا۔ ہم دیدی سے پوچھ لیں گے"——

انیتا چہرے پر زبردستی غصے کے آثار لاتی ہوئی اپنے کمرے میں چلی گئی۔

انل بھی انیتا کے ساتھ باہر چلا گیا۔ بچوں کی یہ معصوم حرکت دیکھ کر بھارت مسکرایا اور جلدی سے کپڑے تبدیل کرنے لگا۔ اسے آج آرتی کے ہاں دعوت پر جانا تھا۔ اس نے صرف اسے ہی بلوایا تھا۔ بچوں کو نہیں۔ آج دعوت میں اس کی سہیلی سادھنا بھی مدعو تھی۔ بھارت تو اس کے گھر جانے سے کترایا لیکن جب آرتی ماں کے ہمراہ بلانے کے لئے آئی۔ تو بھارت مان گیا۔ وہ آج بہت خوش تھا۔

تیار ہو کر جونہی وہ موٹر کار میں بیٹھنے لگا کہ کوٹھی کے پھاٹک سے پولیس کی جیپ گاڑی آتے دیکھ کر رک گیا۔ جیپ میں اسلم کو دیکھ کر وہ اس کے سواگت کو بڑھا۔

"آداب بجالاتا ہوں"—— گاڑی سے اترتے ہوئے اسلم نے کہا۔

"آداب۔ آؤ اسلم بھائی! میں ڈر گیا تھا۔"

"اجی پولیس کی گاڑی کا دیدار کر لے تو بڑے بڑوں کے چھکے چھوٹ جاتے ہیں۔" اسلم نے ہنستے ہوئے کہا۔ اور یکایک سنجیدہ ہو کر پوچھنے لگا "کہیں جانے کی تیاری ہے؟"

"ہاں۔ کسی نے کھانے پر بلوایا ہے۔"

"اوہ۔ میں بھی ساتھ چلوں؟" ——— اس نے فوراً پوچھا۔

"نہیں۔ آج نہیں۔ پھر کبھی۔"

"پھر کبھی؟" ——— اس نے حیرت سے دُہرایا۔

ہاں۔ آج ہم خود ہی پہلی بار جا رہے ہیں۔"

تب تو خوب خاطر ہو گی۔ کون ہے وہ؟"

"اسلم!" ——— اس نے ایک بار ارد گرد دیکھا اور پھر اس کے بالکل قریب ہو کر آہستگی سے کہا۔

"میں شادی کر رہا ہوں اسلم!"

شادی کا لفظ سنتے ہی اسلم ایک بار لرز گیا۔ اور پھر غور سے دوست کے چہرے کا جائزہ لیتے ہوئے بولا۔

"تو بچوں کا کیا سوچا؟"

"وہ میرے پاس رہیں گے"

"لیکن کملا بھابی بھی رہا ہو چکی ہے۔"

"مجھے معلوم ہے۔"

"آئی تھی کیا؟" ——— وہ بے ساختہ پوچھ بیٹھا۔

"ہاں۔ لیکن میں نے اُسے گھر سے نکال دیا۔"

"یہ تو اچھا نہیں کیا تم نے بھارت!"

"تو کیا کرتا۔ اس ناگن کو پھر اس گھر میں پال لیتا؟"

"بھارت!" ——— اسلم نے بلند آواز میں پکارا۔ اور پھر آہستہ سے بولا۔

"تم نہیں سمجھتے۔ وہ ایک ماں ہے۔ وہ اپنے بچوں کو لینے کے لئے بھیانک

سے بھیانک راستہ بھی اختیار کر سکتی ہے۔ ہو سکتا ہے۔ وہ راستہ تمہارے سندر سپنے بکھیر دے۔ تمہاری سنہری زندگی میں اندھیرا بھڑکا دے۔"

بھارت خاموش رہا۔ اسلم کی باتیں اس کے دماغ میں اتر چکی تھیں۔ چند لمحے وہ بت بنا نہ جانے کیا سوچتا رہا۔ اسے ہوش تب آیا جب اسلم اس سے جانے کی اجازت لے رہا تھا۔

"اتنی جلدی!......" اس نے اسلم کو روکنے کی کوشش کرتے ہوئے کہا۔

"جلدی مجھے نہیں تمہیں ہے۔ ڈیوٹی پر جوجانا ہے۔ اچھا خدا حافظ! دو ایک روز میں پھر آؤں گا۔ اور جی بھر کر باتیں ہوں گی۔"

اسلم چلا گیا۔ اور بھارت آرتی کے گھر کی طرف روانہ ہوا۔ اسلم کی کہی ہوئی بات رہ رہ کر اس کے دماغ میں گونج رہی تھی۔ جتنا وہ اسے بھول جانے کی کوشش کر رہا تھا۔ اتنا ہی وہ آکر اسے پریشان کر رہی تھی۔

جب وہ آرتی کے ہاں پہنچا۔ تو وہ سادھنا کے ساتھ سیڑھیوں میں کھڑی اس کا انتظار کر رہی تھی۔ دونوں نے ہاتھ جوڑ کر اس کا استقبال کیا۔ ان کو دیکھتے ہی بھارت کا دماغی کھچاؤ دور ہو گیا۔ اور جو بوجھ وہ گھر سے چلتے وقت سر پر لایا تھا یکایک اتر گیا۔

سادھنا تیزی سے اوپر چڑھ گئی۔ لیکن آرتی اس کے پیچھے رک گئی۔ اور آہستہ سے بولی۔

"میں تو سوچ رہی تھی۔ کہیں آپ بھول نہ گئے ہوں"

"یہ کیسے ممکن ہے؟ اور جانتی ہو۔ بہن بچوں سے جھوٹ بول کر آیا ہوں۔"

"کیا؟"

"میں سنیما جا رہا ہوں۔ ورنہ وہ پہلے ہی شور مچا رہے تھے۔"

"کس بات کا؟"

"ہماری اس نسبت کا"

"انہیں کیونکر پتہ چلا؟"

"شاید ممی نے ان سے کہہ دیا ہے۔ تم ہمیشہ کے لئے میرے گھر آرہی ہو۔"

"اوہ......"

"وہ کہہ رہے تھے۔ ڈیڈی کے آتے ہی ہم اس گورنس کو نکال دیں گے۔"

بھارت کی بات سُن کر آرتی کھِل گئی۔ اور پھر یکایک رُک کر بولی ——

"سنیئے"

"ہوں"

"آج ماں آپ سے میری بات پکی کرنے والی ہے۔"

"اور تم؟" —— بھارت نے بے ساختہ کہا۔ وہ شرما گئی اور شانہ جھٹکتے ہوئے اوپر چلی آئی۔ بھارت بھی مسکراتا ہوا اس کے ساتھ آگیا۔ صحن میں اس کے سواگت کے لئے ماں کھڑی تھی۔ بھارت نے ہاتھ جوڑ کر ماں کو پرنام کیا۔

"جیتے رہو بیٹا! —— آؤ۔ اندر آؤ —— وہ اپنی کمزور آواز میں آشیرباد دیتے ہوئے بولی۔ اور اُسے ہمراہ لئے ڈرائنگ روم میں آگئی۔ کمرہ نہایت دلکش نظر آرہا تھا۔ اس کی سجاوٹ کی باریکیوں میں آرتی کا ہاتھ تھا۔ نئے مہمان کی خوشی میں آج اس نے دل لگا کر اسے آراستہ کیا تھا۔ ہر چیز میں اس کے دل کی مسرت چھپی نظر آرہی تھی۔

جب ماں کسی انتظام کے لئے باہر گئی۔ تو سادھنا بھارت کے برابر آبیٹھی اور آرتی سے بھی قریب آنے کا اشارہ کرنے لگی۔ آرتی نے دائیں بائیں دیکھ کر شرماتے ہوئے کہا۔

"ابھی نہیں۔"

"کیوں؟" ——— سادھنا نے بے ساختہ پوچھا۔

"ماں کیا کہے گی؟"

"بیٹی ہوائی جہاز کے مسافروں کا دل بہلا رہی ہے۔"

سادھنا کی بات پر دونوں بے اختیار ہنس دیئے۔ صحن میں آہٹ ہوئی۔ آرتی کی ماں اندر آ گئی۔ اس کے پیچھے ان کی خادمہ شربت کے گلاس طشتری میں رکھے اٹھائے چلی آ رہی تھی۔ بھارت کو پیاس لگ رہی تھی۔ بلوری گلاسوں میں لال لال چھلکتا شربت دیکھ کر اس کے خشک ہونٹ رسنے لگے۔ اور وہ بیتاب نظروں سے اس کی خادمہ کے قدم گننے لگا۔ جو آہستہ آہستہ اسی طرف آ رہے تھے۔

جونہی بھارت کی نظریں طشتری سے اٹھ کر اس کی خادمہ پر گئیں۔ وہ بھونچکا رہ گیا۔ وہ کملا تھی۔ جو خود بھی اسے وہاں دیکھ کر کانپ رہی تھی۔ آرتی نے ایک گلاس بھارت کو پیش کیا۔ اور دوسرا سادھنا کو۔ کملا کی کانپتی ہوئی باہنوں سے طشتری گرنے ہی والی تھی۔ کہ وہ اپنے آپ کو قابو میں لاتے ہوئے باہر کی طرف بھاگی ابھی وہ صحن تک پہنچی ہی تھی۔ کہ وہ طشتری اس کے ہاتھوں سے گر گئی۔ ایک آواز ہوئی۔ اور سب نے ادھر دیکھا۔ بھارت پسینہ میں شرابور ہو گیا۔ شربت کا گلاس ابھی تک اس کے ہاتھوں میں تھما ہوا تھا۔ کملا کی موجودگی کی بابت ابھی وہ سوچ بھی نہ پایا تھا۔ کہ آرتی کی ماں خاموشی کو توڑتے ہوئے بولی۔

"نئی نوکرانی ہے۔ شاید پاؤں پھسل گیا ہے۔"

"جی!" ——— وہ بڑبڑایا۔

"آپ پیجئے نا" ——— آرتی نے گلاس کی طرف اشارہ کر کے کہا۔

بھارت نے جھوٹ گلاس ہونٹوں سے لگایا۔ گھبراہٹ سے ابھی تک اس کی پیشانی سے پسینہ پھوٹ رہا تھا۔ سب اسی کے چہرے کا جائزہ لے رہے تھے۔ اس نے جلدی سے دو چار گھونٹ حلق میں انڈیلے اور گھبراہٹ کو جذب کرتے ہوئے آرتی سے بولا ——— ”آپ بھی لیجئے نا!“

”ٹھنڈی چیز ہمیں بھاتی نہیں“

”کچھ گرم منگوا لو“ ——— ——— سادھنا نے چھیڑتے ہوئے کہا۔

”ایسا کوئی شوق نہیں“

”ٹھنڈا آپ کو بھاتا نہیں اور گرم کا شوق نہیں۔ کیسا مزاج ہے آپ کا؟“ بھارت نے دل کی کپکپی کو مذاق میں زائل کرنے کی کوشش کی۔ وہ چپ رہی۔ لیکن سادھنا سے نہ رہا گیا۔ وہ فوراً بولی۔

”معتدل“

ایک بار پھر سب کی ہنسی گونج گئی۔ آہستہ آہستہ بھارت یکبارگی چپ ہو گیا۔ جیسے اچانک سنیما میں آواز بند ہو جائے۔ چند لمحوں کے لئے خاموشی چھا گئی کملا کھانے کی میز پر برتن لگا رہی تھی۔ یہ بات اس نے چھپی نظروں سے دیکھی۔ اور اس کا دل پھر کانپنے لگا۔ اس نے سوچا کہیں اسے اس بات کا علم تو نہیں ہو گیا۔ کہ وہ آرتی سے بیاہ کرنے والا ہے۔ کہیں وہ خادمہ بن کر یہاں اس کی خوشیاں برباد کرنے تو نہیں آئی۔ یہ سوچ کر وہ پل بھر کے لئے تو بالکل برف ہو گیا۔ اور پھر اس نے ایک ہی سانس میں تمام شربت گلے سے اتار لیا۔

کملا جب کمرے سے باہر چلی گئی۔ تو اس نے لمبا سانس لیتے ہوئے۔ آرتی کی جانب دیکھا آرتی مسکرا دی اور ماں سے بولی۔

"ماں! شاید انہیں بھوک ستا رہی ہے؟"

"نہیں تو" ——— وہ بوکھلایا۔ اور پھر ہونٹوں پر زبردستی مسکراہٹ لاتے ہوئے بولا ——— "اتنی بھی کیا جلدی ہے؟"

"لگ تو یوں رہا ہے کہ بھوک نے آپ کو سخت پریشان کر رکھا ہے۔"

"ماں۔۔۔! دیکھو تو ——— گھبراہٹ سے جناب بچکھلے جا رہے ہیں۔"

ماں کچھ دیر ان کی باتیں سنتی رہی۔ اور پھر اٹھ کر باہر چلی گئی۔ باہر جاتے ہوئے اس نے کسی کام کے لئے کملا کا نام لے کر پکارا۔ بھارت نے فوراً آرتی سے پوچھا ——— "یہ کملا کون ہے؟"

"اپنی خادمہ ——— وہی جو ابھی تربت لے کر آئی تھی۔"

"نئی رکھی ہے کیا؟"

"جی۔ دو روز ہوئے۔ بیچاری کسی بھلے گھر کی ہے۔ غریبی نے مجبور کر دیا۔ کہ در در کی ٹھوکریں کھا ئے۔ مجھے ترس آیا تو اسے ہمراہ لے آئی۔"

"کہاں سے؟"

"ماں اور میں اس روز ہنومان مندر گئی تھیں۔ بیچاری دروازے پر کھڑی بھیک مانگنے کی کوشش کر رہی تھی۔"

"اوہ!......" اس نے لمبا سانس لیتے ہوئے کہا۔

"اور پھر ماں کو سہارے کے لئے ایک اچھی عورت کی ضرورت بھی تھی....."

یہ کہتے کہتے وہ رک گئی۔ اور شرما کر اس نے نگاہیں جھکا لیں۔ بھارت نے بکری سادمعنا اس کی باتوں پر ہنس رہی تھی۔ وہ بھارت کی جانب دیکھتے ہوئے بولی

"دیکھئے کتنی سیانی ہے ہماری آرتی۔ سب انتظام پہلے ہی کئے جا رہی ہے"

اسی وقت ماں اور کملا پھر آ گئیں۔ میز پہ کھانا لگ چکا تھا۔ اور سب کو نے

کی میز کے پاس آ گئے۔ سوال پیدا ہوا۔ کون کہاں بیٹھے۔ سادھنا بھارت کے سامنے والی کرسی پر جا بیٹھی۔ اور بھارت کے برابر کی کرسی اس نے آرتی کے لئے چھوڑ دی آرتی نے سادھنا کو سیٹ بدلنے کو کہا۔ سادھنا بولی ——

"نہ بھئی۔ ہم تو سامنے بیٹھیں گے۔ وہ جگہ آپ کو ہی شوبھا دیتی ہے۔"

"تو تم سادھنا کے برابر بیٹھ جاؤ۔ میں یہاں بیٹھتی ہوں" —— ماں نے کہا اور بھارت کے برابر والی کرسی پر بیٹھ گئی۔ آرتی بھارت کے سامنے سادھنا کے برابر جا بیٹھی۔

کھانا شروع ہوا۔ کمل کھانا پروس رہی تھی۔ اسے دیکھ کر بھارت کی بھوک مٹ چکی تھی۔ دل میں کھلتی مسرت کی کلیاں انگارے بنتی جا رہی تھیں۔ اس کے چہرے کی رنگت ایسی ہو رہی تھی۔ جیسے فوراً اس کے خون کا دباؤ نارمل سے بہت اوپر چلا گیا ہو۔ کھویا کھویا سا وہ ایک آدھ نوالہ منہ میں ڈال لیتا آرتی کی ماں تھوڑے وقفے کے بعد اس پر کوئی سوال کر دیتی۔ اور وہ اس کا جواب صرف ہوں ہاں میں دیتا۔ اُسے ہوش نہ تھا۔ کہ وہ ان لوگوں سے کیا کہے جا رہا ہے۔

اس کی کپکپی۔ اُڑی ہوئی رنگت اور بے سر پیر کی باتیں سن کر تینوں حیران تھے۔ تھوڑی دیر بعد بھارت نے اپنی گھبراہٹ اور ان کی اکھڑی ہوئی نگاہوں کا جائزہ لیا۔ تو فوراً اپنے آپ کو سنبھالتے ہوئے بولا۔

"آپ لوگ کھا کیوں نہیں رہے؟"

"ہم یا آپ؟" —— آرتی نے بے ساختہ سوال کیا۔

"اوہ ....... شاید آپ لوگ یہ دیکھ رہے ہیں۔ کہ میں کتنا کھاتا ہوں" بھارت نے کہا اور جلدی جلدی کھانے لگا۔ اس کی یہ حرکت دیکھ کر سادھنا ہنسنے لگی

اسی وقت کملا نے گاجر کا حلوہ سامنے لاکر رکھا بھارت کو حلوہ اچھا نہ لگتا تھا۔ اس لئے اس نے لینے سے انکار کر دیا۔ ماں نے اصرار کرتے ہوئے زبردستی تھوڑا حلوہ اس کی پلیٹ میں ڈال دیا۔ اس نے ابھی پہلا ہی چمچہ منہ میں ڈالا تھا۔ کہ آرتی کی ماں نے کہا۔

"جانتے ہیں۔ یہ حلوہ ہماری نئی نوکرانی کملا نے بنایا ہے۔"

ابھی الفاظ اس کی زبان پر لڑکھڑا ہی رہے تھے۔ کہ بھارت کو کھانسی آئی اور حلوہ منہ سے گر گیا۔ وہ جلدی سے اٹھ کر باہر صحن کے نل پر منہ صاف کرنے کے لئے بھاگا۔ نل کے پاس جھٹ کملا تولیہ اور صابن لے کر پہنچ گئی۔ بھارت اسے دیکھ کر کانپ اٹھا۔ اور پھر پیچھے دیکھتے ہوئے بولا۔

"دیکھو۔ جب میں جانے لگوں تو پیچھے مجھے ملو۔"

"کہاں؟"

"گلی کے نکڑ پر ——" بھارت نے کملا سے کہا۔ اور جھٹ سامنے سے آتی ہوئی آرتی کو دیکھتے ہی اندر چلا آیا۔ آرتی سے آنکھیں چار ہوئیں تو اس نے پوچھا۔

"کہئے۔ طبیعت تو ٹھیک ہے نا؟"

"وہ تو ٹھیک ہے لیکن آپ سے شرمندہ ہوں۔ آپ لوگوں کے کھانے کو خواہ مخواہ بدمزا کر دیا۔"

"ہماری پرواہ نہ کیجئے! —— آیئے کافی تیار ہے۔"

بھارت دوبارہ میز کے گرد بیٹھ گیا۔ اس نے دیکھا۔ سامنے کافی بنا رہی تھی۔ کملا نے چند ہی منٹوں میں میز پر سے تمام برتن اٹھا دیئے۔ آرتی پیالوں میں چمچے رکھ رہی تھی۔

"کافی لائٹ ہو یا سٹرانگ؟"—— سادھنا نے بلند آواز میں پوچھا
بھارت ابھی تک کملا کے بارے میں سوچ رہا تھا۔ اس نے سادھنا کی آواز کا
خیال نہ کیا۔ آرتی دو لمحے کی خاموشی کے بعد اس سے بولی۔

"وہ آپ سے پوچھ رہی ہے۔"

"کیا؟"

وہ جھینپ کر بولا۔ اور فوراً سنبھلتے ہوئے کہنے لگا۔

"میڈیم"

اس پر سادھنا بے اختیار ہنسنے لگی۔ آرتی اور اس کی ماں مشکل سے اپنی
ہنسی روک رہی تھیں۔ بھارت نے ماحول کو پھر سے سنجیدہ بنانے کی
کوشش کی۔ اور بولا—— "ماں جی! ایک بات کہہ سکتا ہوں؟"

"کیوں نہیں بیٹا!"

"کیا ایسا ممکن نہیں۔ آپ چند روز ہمارے ہاں آکر رہیں۔"

"کیوں؟"

"اتنا بڑا گھر۔ اور کوئی بزرگ نہیں۔ کم از کم رونق بڑھ جائے گی۔"

"آرتی کے بیاہ کے بعد سوچوں گی۔"

"اس میں سوچنے کی کیا بات ہے؟" سادھنا پیالوں میں کافی انڈیلتے ہوئے
بولی—— "بھارت جی! آپ دل کی بات صاف کیوں نہیں کہتے۔"

"کیا؟"

"آپ دونوں کو ہنی مون کے لئے جانا ہوگا۔ تو بچوں کا خیال رکھنے کے لئے
ماں کی ضرورت ہوگی۔"

بھارت سے کوئی جواب نہ بنا۔ اور وہ کافی پینے لگا۔ آرتی نے شرماکر

آنکھیں مُوند کالیں۔ ماں کی آواز اس کے کانوں میں آئی۔ جو سادھنا سے کہہ رہی تھی۔

"نہ جانے کہیں کی بلا"

کافی پیتے ہوئے بھارت نے دیکھا۔ کہ کملا پردے کے پیچھے کھڑی ان کی باتیں سُن رہی تھی۔

آرتی اور سادھنا کا شکریہ ادا کرتے ہی بھارت نے موٹر گاڑی سٹارٹ کر دی۔ اس نے دُور نکڑ پر کملا کو اندھیرے میں بڑھتے دیکھ لیا تھا۔ گلی کے نکڑ پر جاتے ہی اس نے ایک تیز ٹرن لیا۔ اور چند گز چل کر گاڑی کو بریک لگا دیئے۔ کملا وہیں کھڑی تھی۔ بھارت کی گاڑی کو رکتے دیکھ کر وہ سہم گئی۔ بھارت نے آئینے میں سے اس کی صورت کا جائزہ لیا۔ اسے اس پر رحم کی جگہ غصہ آیا اس نے ایک جھٹکے کے ساتھ رُخ بدلا۔ وہ کانپ گئی۔ بھارت نے ایک کڑی نگاہ سے اسے دیکھتے ہی گاڑی کا پچھلا دروازہ کھولا۔ اور بوجھل آواز میں کہا۔

"بیٹھو!"

کملا ڈرتے ڈرتے گاڑی میں آ بیٹھی۔ ایک دھماکے کے ساتھ اس نے پچھلا دروازہ بند کیا اور گاڑی چلا دی۔ گاڑی رفتار پکڑ کر رات کی خاموشی میں کٹی سڑکوں کو عبور کرنے لگی۔ سڑکوں کی برقی روشنی میں کئی بار دونوں نے ایک دوسرے کو دیکھا۔ بھارت غصے سے آگ بگولا ہوا جا رہا تھا۔ اور کملا خوف سے سہمی ہوئی بیٹھی تھی۔ دونوں خاموش تھے۔ صرف موٹر کار کی آواز ہی خاموشی کو کاٹ رہی تھی۔

بھارت، کملا کو سیدھا اپنے گھر لے آیا اور اپنے پیچھے آنے کو کہا۔ کملا سمٹ کر کواڑ کے سہارے کھڑی ہو گئی۔ بھارت غصے میں بھرا ہوا تھا۔ اپنی الماری

کی جانب بڑھا۔ اور اس میں سے چیک بک نکال کر سامنے آ بیٹھا۔ کملا نے سہمی ہوئی نگاہوں سے اس چیک بک کو دیکھا جس پر بھارت کا قلم چل رہا تھا۔

بھارت نے دس ہزار کا ایک چیک کاپی سے اتارا اور کملا کو پیش کرنے کے لئے اسے قریب بلایا۔ کملا جو پہلے ہی گھبراہٹ سے پگھلی جا رہی تھی۔ لڑکھڑاتے قدموں کا سہارا لئے قریب آئی۔ اور اس کے ہاتھوں میں لہراتا ہوا چیک دیکھ کر کانپتی ہوئی آواز میں بولی ——— "یہ کیا؟"

"تمہارے لئے۔ تمہیں اب در در بھیک مانگنے کی کوئی ضرورت نہیں۔"

"لیکن اتنی بڑی رقم کا میں کیا کرونگی؟"

"زندگی کے چار دن جو باقی ہیں۔ آرام سے کاٹ سکو گی۔"

"لیکن یکایک مجھ پر یہ رحم کیوں؟"

"آخر انسان ہوں۔ تم کسی گھر میں خادمہ کا کام کرو۔ یہ مجھ سے برداشت نہ ہوگا۔"

"کسی کے گھر یا آپ کے محل میں"......... کملا کی ہمت بندھ گئی۔

"کملا!" ——— بھارت بلند آواز میں چلایا۔ اور پھر یکایک خاموش ہو گیا۔ کملا چند لمحے تک بھارت کے چہرے کا جائزہ لیتی رہی۔ اور پھر خاموشی توڑتے ہوئے بولی۔

"اگر آنکھوں میں رحم اترا ہے تو میرے ضمیر کو پیسے سے کیوں خرید رہے ہیں بھیک ہی دینی ہے تو ممتا کی بھیک دے دیجئے۔"

"نہیں۔ نہیں۔ نہیں!" ——— وہ ایک برق کی طرح کڑکا۔ اور

رُخ بدل کر کھڑا ہو گیا۔ اس کے کانپتے ہوئے ہاتھوں سے چیک قالین پر جا گرا کملا نے جھک کر وہ چیک اٹھایا اور اسے میز پر رکھتے ہوئے بولی ——— "تو آپ روپے کی چمک دکھلا کر مجھے نہیں خرید سکتے۔"

"جو عورت روپے کے لالچ میں کسی کا خون کر سکتی ہے۔ وہ آج روپے کو حقارت سے دیکھنے لگی۔ کہیں اس داؤ میں بھی تو کسی اور چال چلنے کی نہیں سوجھی" بھارت نے غصے میں چمکتی ہوئی آنکھوں سے کملا کو دیکھا اور کہا۔

"اب ایک مردہ دل ——— سچ ——— ذلیل اور دنیا سے ٹھکرائی ہوئی عورت کے پاس صبر کے علاوہ رہا ہی کیا ہے۔ لیکن اس صبر میں چھپی ہوئی ممتا کی چنگاری کو شاید آپ روک نہ سکیں۔"

"یعنی ———" وہ بلند آواز میں بولا۔

"اگر شادی رچا کر زندگی کی بہاروں کو لوٹنا چاہتے ہو تو اس کی قیمت ادا کرنی ہوگی۔"

"ورنہ.........."

"ورنہ تمہارے بنائے یہ سندر محل سب جل کر راکھ ہو جائیں گے۔ وہ کرتی جو آج آپ کو پوجتی ہے۔ کل نفرت سے آپ کے منہ پر تھوکے گی۔"

"تو تمہیں یہ سب راز راز رکھنے کے لئے قیمت چاہیئے۔ کیوں ———؟

یہ دس ہزار کم ہیں تو کہو کیا چاہیئے؟ بیس ——— پچاس ——— تیس!"

"یہ قیمت روپوں سے ادا نہ ہوگی۔"

"تو ——— ؟"

"آپ کو میرے بچے مجھے لوٹانے ہوں گے۔"

"اگر میں ایسا نہ کر سکا تو........؟"

"تو........ آرتی اور آپ کا یہ سمبندھ کبھی نہ ہو سکے گا"۔۔۔۔۔۔ کملا نے شانہ جھٹکا کر کہا۔ اور بجلی کی سی تیزی سے کمرے سے باہر چلی گئی۔ بھارت نے اُسے پکارا۔ لیکن وہ رُکی نہیں ———— وہ اندھیرے میں بھاگتی ہوئی کوٹھی کے پھاٹک سے باہر نکل گئی۔

بھارت بُت بنا چُپ چاپ کھڑا رہا۔ غصّے اور دماغی جنون کو کملا کے الفاظ نے برف کر دیا تھا۔ وہ چند ہی لمحوں میں پسینہ سے شرابور ہو گیا۔ اس کے کانوں میں ایک گونج تھی ———— کملا کی آواز ———— اس کی آنکھوں کے سامنے چھائے اندھیرے میں ایک ہی تصویر تھی ———— ایک ترازو کی جس کے پلڑے پر انل اور انیتا بیٹھے تھے۔ اور دوسرے پر آرتی۔ وہ دونوں کو تول رہا تھا۔ اسے ان میں سے ایک کو چننا تھا۔

اولاد ———— یا ———— زندگی کی بہاریں۔

اور وہ اس کا فیصلہ نہ کر سکتا تھا +

# باب (۱۲)

انل اور انیتا آج جب سکول سے لوٹے تو ان کا کمرہ پھر کھلونوں اور مٹھائیوں سے بھرا ہوا تھا۔ دونوں ڈھیر سے کھلونے دیکھ کر پاگل ہو گئے۔ انہوں نے ایک ساتھ شمبھو سے پوچھا۔

"کیا آج موسی پھر آئی تھی؟"

"ہاں بچو! —— اور تمہارے لئے یہ کھلونے چھوڑ گئی ہے۔"

"لیکن وہ ہمیں خود کیوں نہیں ملتی؟"

"تم اس سے ملنا چاہو گے بچو!"

کسی آواز نے مداخلت کی۔ دونوں چونک کر پلٹے۔ دروازے میں بھارت کھڑا تھا۔ دونوں ڈیڈی ڈیڈی پکارتے ہوئے اس سے لپٹ گئے۔ بھارت نے بچوں کو پیار کیا۔ اور بولا۔

"وہ تمہیں بے حد یاد کرتی ہے۔ کہتی تھی۔ ایک روز انہیں اپنے گھر لے جاؤنگی۔"

"کہاں ہے اس کا گھر —— ؟" انل نے سوال کیا۔

"دور ایک گاؤں میں - جہاں ریل گاڑی اور موٹر نہیں جاتی - گھوڑا گاڑی پر جانا ہوتا ہے - اسی لئے جلدی چلی جاتی ہے - تمہارے سکول سے آنے سے پہلے!"

"ایک روز ہمیں لے چلئے نا ڈیڈی!" ——— انیتا بولی -

"شمبھو سے کہونگا - تم اس کے پاس جاؤ گے؟"

"ہاں ڈیڈی! کتنی اچھی ہے ہماری آنٹی - ہم ضرور اس کے گھر جائیں گے -"

دونوں ایک ساتھ بولے - اور کھلونوں کو دیکھنے لگے - بھارت بھی پاس آ گیا اور بولا

"تمہیں بڑے دنوں کی چھٹیاں ہو رہی ہیں، نا؟"

"ہاں ڈیڈی ایک مہینے کے لئے -"

"تو تمہیں ان چھٹیوں میں آنٹی کے پاس بھجواؤنگا - آج ہی لکھتا ہوں - اسے تم کو لے جائے گی" ——— بھارت نے بوجھل آواز سے کہا - اور اپنے آنسوؤں کو بہنے سے پہلے ضبط کر گیا - اسی وقت انیتا بولی -

"ڈیڈی! آپ اور دیدی بھی ساتھ چلیں گے کیا؟"

"نہیں!"

"کیوں نہیں ڈیڈی!"

"دیکھو اچھے بچے ضد نہیں کرتے - میں بیٹی کسی کام سے ایک مہینے کے لئے جاؤں گا - اور دیدی ڈیوٹی پر امریکہ جا رہی ہے -"

"تو ہم دونوں آنٹی کے پاس......" انل بولا اور پھر رک کر کہنے لگا - "ڈیڈی!"

"ہوں"

"شمبھو کاکا کہتا تھا - ہماری موسی کی شکل بالکل ماں سے ملتی ہے -"

بھارت سنتے ہی خاموش ہو گیا - اور بچوں کے سوال کی پرواہ نہ کرتے ہوئے اپنے کمرے میں لوٹ گیا - شمبھو نے موقعہ دیکھا اور فوراً بچوں کو دوسرے کمرے میں دودھ کے

لئے لے گیا۔ بچے چپ چاپ شمبھو کے ساتھ ہو لئے۔

بھارت کا دل بچوں کی بات سن کر بیٹھ سا گیا۔ اور وہ اپنے کمرے میں جا کر بستر پر دراز ہو گیا۔ وہ اپنی زندگی کا ایک اہم فیصلہ کر چکا تھا۔ وہ آرتی کی محبت اور زندگی کی مسرتوں سے کنارہ کشی نہ کر سکتا تھا۔ اسی لئے اس نے کملا کو اس کے بچے لوٹانے کا فیصلہ کر دیا تھا۔ اس بات سے کملا بھی آگاہ کر دی گئی تھی۔ اس نے آرتی کے گھر کی نوکری چھوڑ دی تھی۔ اور اپنے ماموں کے ہاں دلی سے بیس کوس دور ایک گاؤں میں جا رہی تھی۔

وہ بھارت کو یقین دلا چکی تھی۔ کہ وہ اپنی ممتا سے بچوں کا دل جیت لے گی۔ اور انہیں اپنے پاس رکھنے میں کامیاب ہو جائے گی۔ اگر وہ اسے اس کی اولاد لوٹا دے تو وہ کبھی اس کی زندگی میں نہ آئے گی۔ جذبات اور محبت سے مجبور ہو کر بھارت نے بچوں کی علیحدگی منظور کر لی تھی۔ اسی لئے وہ روزانہ بچوں کے لئے کھلونے اور مٹھائیاں لے کر آتا۔ اور ان کے دلوں میں موسی کی محبت اور پیار بھرنے کی کوشش کرتا۔ اس لاڈ کو اپنے اور شمبھو تک محدود رکھنے کے لئے اس نے گورنس کو بھی دو ماہ کی پیشگی تنخواہ دے کر ٹال دیا تھا۔

ایک ہفتہ کے بعد ہی اسکول میں بڑے دنوں کی چھٹیاں ہو گئیں۔ اتفاق سے آرتی بھی ڈیوٹی پر سنگا پور اور جاپان کی جانب گئی ہوئی تھی۔ وہاں سے لوٹنے پر دونوں کی شادی طے ہو چکی تھی۔ بھارت اس کی غیر موجودگی سے فائدہ اٹھانا چاہتا تھا۔ اس لئے رخصت کے دوسرے ہی روز اس نے بچوں کو کملا کے ہمراہ گاؤں بھیجنے کا فیصلہ کر رکھا تھا۔

بچے بے حد خوش تھے اور اپنی موسی کا گھر دیکھنے کے لئے بیقرار ہو رہے تھے۔ ٹھیک شام کے پانچ بجے کملا انہیں لینے آئی۔ اور جب دونوں بچوں نے اس کا سامنا کیا تو وہ شرم سے الگ ہو گئے۔۔ بھارت نے انہیں تھاما۔ اور پیار سے بولا۔۔۔۔۔۔

"یہ ہی ہے تمہاری آنٹی۔"

بچے ذرا جھجک رہے تھے۔ لیکن جب کملا نے دونوں کو بڑھ کر اپنے بانہوں میں لے لیا۔ تو دونوں آنٹی آنٹی کہہ کر اس کے ساتھ لپٹ گئے۔ شفقت اور ممتا کی بھوکی کملا اپنے بچوں کو دیکھ کر پاگل ہو گئی۔ اس کی آنکھوں سے بے اختیار آنسو ٹپکنے لگے۔ بھارت نے دیکھا۔ شمبھو بھی رو رہا تھا۔

دونوں بچے آج اس سے جدا ہو رہے تھے۔ وہ جگر کے ٹکڑوں کو الگ کرتے ہوئے بھی اپنے ضمیر کو اب کوس رہا تھا۔ لیکن پانی سر سے اونچا ہو چکا تھا۔ وہ اپنی دنیا کی خوشیوں کو پروان چڑھانے کے لئے اپنی حسرتوں کا گلا گھونٹ رہا تھا۔ وہ اپنے ارمانوں کو دل کے اندھیرے گوشوں میں چھپانے کی کوشش کر رہا تھا۔ ابھی وہ اس تذبذب میں ہی تھا کہ کملا نے دونوں بچوں پر ممتا سے جادو سا کر دیا۔ دونوں بچے خوشی خوشی اپنا سامان موٹر میں رکھنے لگے۔

بھارت کو ایسے لگا۔ جیسے کملا نے سچ مچ دونوں پر کوئی جادو کر دیا ہو۔ اور وہ پیار کے بھوکے بچے تھوڑی دیر میں ہی کملا کے دیوانے ہو گئے۔ اگر ایسے میں انہیں کوئی بتلا دے کہ کملا ان کی سگی نہیں ماں ہے تو کیا ہو؟ یہ سوچتے ہی وہ کانپ گیا اور گاڑی کی اگلی سیٹ پر بیٹھے ڈرائیور سے بولا۔

"دیکھو۔ جہاں تک موٹر جائے انہیں چھوڑ آنا۔"

"ڈیڈی آپ نہ چلیں گے؟" انیتا نے اس کا دامن پکڑتے ہوئے پوچھا۔

"نہیں مجھے ابھی کہیں کام پر جانا ہے شمبھو جو تمہارے ساتھ ہے۔"

بچوں نے موسی کے کہنے سے ضد نہ کی اور ڈیڈی سے ملتے ہی موٹر گاڑی میں بیٹھے۔ اگلی سیٹ پر وہ دونوں اور پچھلی سیٹ پر کملا اور شمبھو بیٹھ گئے۔ کملا نے اشارے سے بھارت کو گاڑی کے پاس بلایا۔ اور پلکوں میں چمکتے ہوئے آنسوؤں کو ضبط کرکے بہت آہستہ سے بولی "بھگوان آپ دونوں کو ہمیشہ خوش رکھے۔ میں جیون بھر

تمہارا یہ احسان نہ بھولوں گی۔ تم نے میرے بچوں کا پیار مجھے لوٹا دیا۔"

"کملا!" —— وہ بوجھل آواز میں بولا —— "اگر تم انہیں اپنانے میں کامیاب ہو گئیں۔ تو تمہیں زندگی کے تمام آرام مہیا کردوں گا لیکن ایک بات نہ بھولنا۔"

"کیا؟" —— اس نے بے ساختہ پوچھا۔

"تم ان کی موسی ہو۔ ماں نہیں!"

کملا نے اثبات میں گردن جھکا دی۔ اور موٹر روانہ ہو گئی۔ بھارت جاتے ہوئے بچوں کو الوداع کہتا ہوا اندر چلا آیا۔ اس کی آنکھوں میں ضبط ہوئے آنسو اُمڈ پڑے۔ اور وہ برآمدے کے ستون سے لگ کر رونے لگا۔ آج زندگی میں اس کی ہار ہوئی تھی برسوں کی تپسیا بھنگ ہو گئی تھی۔ اور وہ اصول جو آج تک اس کی گردن کو اکڑائے رکھتے تھے۔ آج اس نے ایک عورت کے لئے اپنے ضمیر کو دھوکا دیا تھا۔

کمرے میں قدم رکھتے ہی وہ رُک گیا۔ جلدی سے پُرنم آنکھوں کو رومال سے پونچھا اور حیرت زدہ اسلم کو دیکھنے لگا۔ جو آرام سے ٹانگیں پھیلائے صوفے پر بیٹھا ہوا سگرٹ کا دھواں اُڑا رہا تھا۔ بھارت کو اپنی جانب متوجہ دیکھ کر اس نے صوفے سے دھڑ نکالا۔ اور سگرٹ کو بجھانے کے لئے ایش ٹرے پر جھکا۔

"تم کب آئے ہو اسلم؟"

"تھوڑی دیر پہلے۔ تمہیں اور کملا بھابی کو بات چیت کرتے دیکھ کر میں نے مداخلت کرنی پسند نہ کی اور سیدھا اندر چلا آیا۔"

"آج میں نے زندگی کے اصولوں کو توڑ دیا۔ اسلم! آج میری شکست ہو گئی۔"

"میں جانتا ہوں۔ کملا بھابی نے سب مجھ سے کہہ دیا۔"

"کیا؟"

"تم نے ماں کی پیاس کو دولت کے ترازو میں تول لیا۔ اور بچوں کو اس کے حوالے کر دیا۔"

"ہاں دوست! دونوں مجھ سے بچھڑ گئے۔"

"ایسا کوئی طریقہ نہ تھا۔ جو تم بچوں اور ان کی ماں دونوں کو اپنے قریب رکھ لیتے۔"

"نہیں۔ اس خونی عورت کے لئے اس گھر میں کوئی جگہ نہیں۔ اور دوست! میری شکست کی وجہ اس کی ممتا نہ تھی۔ بلکہ وہ لڑکی تھی۔ جسے میں اپنی ادھوری زندگی میں لا رہا ہوں۔"

"تم شادی کر رہے ہو کیا؟ ————" اسلم نے انجان بنتے ہوئے پوچھا۔

"ہاں اسلم! میں اپنی زندگی کو تباہی سے بچانے کے لئے کسی کے حوالے کر رہا ہوں۔"

"کون ہے وہ؟"

"ایک غریب بیوہ کی لڑکی ——— حسین اور تعلیم یافتہ۔ ہوائی کمپنی میں ایئر ہوسٹس ہے۔ شادی سے پہلے نوکری چھوڑ دے گی۔"

"کیا کملا کا ذکر ہوا؟"

"نہیں! وہ اسی بات کو جانتی ہے کہ بچوں کی ماں مر چکی ہے۔ اور

ان کا سب کچھ میں ہی ہوں۔ اور اب تم سے کیا چھپاؤں۔ یہ بچے ہی ہم دونوں کی ملاقات کا سبب بنے۔"

"بچے کہاں ہیں؟ اس سے کیا کہو گے؟"

"وہی جو بچوں کو کہا ہے۔ موسی کے پاس۔ ایک دو ماہ میں لوٹ آئیں گے۔"

"لیکن تم نے تو ہمیشہ کے لئے انہیں جدا کر دیا۔"

"وقت آنے پر موقعہ کو میں خود سنبھال لونگا۔"

"یہ تمہاری بھول ہے۔ شادی کے بعد اگر اُسے حقیقت کا پتہ چل گیا تو بہت ممکن ہے محبت نفرت میں بدل جائے۔"

"تو کیا کروں؟ اور راستہ بھی تو نہیں۔ یہ جھوٹ اور فریب کی دیوار کب تک ہمارے راستے میں رہے گی۔"

"جب تک تم اُسے خود نہ مٹا دو۔"

"سوچتا ہوں۔ لیکن ہمت نہیں پڑتی۔"

"خیر میں کیا کہہ سکتا ہوں۔ اپنے حالات اور نئی لڑکی کو تم بہتر سمجھتے ہو۔ جو کچھ بھی کرنا۔ سوچ سمجھ کر"——— اسلم نے کہا اور چلنے کو تیار ہو گیا۔ بھارت نے اُسے روکنا چاہا۔ لیکن بول نہ سکا۔ اور خاموشی سے اس نے جانے دیا۔ جب وہ چلا گیا۔ تو وہ اپنی خواب گاہ میں آکر بیٹھ گیا۔ افسردہ حالت۔ دل کی گھبراہٹ۔ خالی مکان اور پھر شام کی تنہائی۔ ایسے میں ساتھ دینے والا بس ایک ہی ساتھی تھا——— شراب جس کا سہارا لئے وہ مصیبت کی چند گھڑیاں گذارنے لگا۔

اسی غم اور تنہائی میں چار روز گذر گئے۔ وہ اپنے دل میں کوئی پختہ

ارادہ نہ کر پایا تھا۔کبھی سوچتا۔سب کچھ آرتی سے کہہ دے۔کبھی سوچتا کہیں وہ حقیقت جان کر اس کا اعتبار نہ کھو بیٹھے۔وہ بیٹھا سوچتا رہا۔سوچوں کے جال بنتا توڑتا رہا۔خیالات کے اس تانے بانے میں کبھی کبھار آرتی کی یاد کے ساتھ انل اور انیتا کی پیاری آوازیں بھی سنائی دینے لگتیں۔اور وہ زیادہ پریشان ہو جاتا۔اس کو تمام راستے اندھیرے نظر آنے لگے۔وہ زندگی میں ڈگمگا رہا تھا۔

اگلے روز صبح ابھی وہ ناشتہ ہی کر رہا تھا۔کہ ڈرائینگ روم میں آرتی کی آواز سنائی دی۔وہ شمبھو سے پوچھ رہی تھی ——— "صاحب گھر پر ہیں یا نہیں؟"

اس کی باریک اور سریلی آواز میں چھپی ہوئی وہ مسرت ظاہر ہو رہی تھی۔جو اس کے دل کی کیفیت کو بیان کر رہی تھی۔وہ کپکپا سا گیا۔ٹھیک اس چور کی طرح جس کی چوری ظاہر ہو چکی ہو۔اور تحقیقات کے لئے پولیس آئی ہو۔وہ اپنی گھبراہٹ کو چائے کے چند گھونٹ پی کر چھپانے لگا۔

تو آپ یہاں چھپے بیٹھے ہیں۔اچانک چاندی کی گھنٹیاں سی بج اٹھیں۔اس نے نگاہیں گھما کر دروازے میں کھڑی آرتی کو دیکھا۔وہ مسکرا رہی تھی۔بھارت کرسی چھوڑ کر اٹھ کھڑا ہوا۔آرتی قریب آئی اور دونوں نے ایک دوسرے کا ہاتھ اپنے ہاتھ میں لے لیا۔

"کب آئی ہیں؟" ——— بھارت نے فوراً سوال کیا۔

"رات ——— بیقراری نے رات بھر سونے بھی نہ دیا۔دن چڑھتے ہی چلی آئی۔"

"اچھا کیا آپ نے!بہت دنوں سے انتظار کر رہا تھا۔"

"تو فرمایئے۔ میں آ گئی" ——— وہ شوخ انداز سے ہنستے ہوئے بولی اور سامنے کی کرسی پر بیٹھ گئی۔ بھارت بھی بیٹھ گیا۔ اور اس کے لئے چائے بناتے ہوئے بولا ——— "تمہیں دیکھا تو تمام الجھنیں دور ہو گئیں۔"

"کیسی الجھنیں؟" ——— اس نے چائے کا پیالہ ہونٹوں سے لگاتے ہوئے پوچھا۔

"کچھ دماغی۔ کچھ دنیاوی اور کچھ نئی زندگی کی۔"

"آپ تو نہ جانے ہر وقت کسی پہیلی کو لئے بیٹھے رہتے ہیں۔ کبھی دماغ کو چین بھی تو دیا کیجئے!"

"یہ اپنے بس کی بات تو ہے نہیں۔"

"کیوں نہیں؟ ——— خیر آنے دیجئے مجھے اس گھر میں۔ آپ کی تمام پریشانیوں کو دور کر دونگی۔"

"اگر وہ دور نہ ہوئیں تو ———" وہ سنجیدہ ہو کر بولا۔

"تو ——— تو میں خود دور چلی جاؤں گی" ——— آرتی نے بات کا توازن رکھتے ہوئے جواب دیا۔ آرتی کا یہ جواب سن کر وہ اچانک کانپ گیا اور گھبراہٹ کو ضبط کرنے کے لئے اپنے لئے ایک کپ چائے اور بنانے لگا۔

آرتی نے اس کے چہرے کی سنجیدگی کو ناپا اور جلدی سے چائے حلق میں انڈیل کر اٹھ کھڑی ہوئی۔ اس سے پہلے کہ وہ نگاہیں اٹھا کر اس کے ارادہ کو بھانپے وہ اس کے قریب میز کا سہارا لے کر بیٹھ گئی اور جھک کر بھارت کی ٹائی ٹھیک کرتے ہوئے بولی۔

"آپ ناراض ہو گئے کیا؟"

"نہیں تو.........."

"بھلا میں آپ کو چھوڑ کر کہاں جاؤں گی؟"——— اس نے مسکراتے ہوئے بھارت کی نگاہوں میں جھانک کر کہا۔ اور پھلوں کی طشتری میں سے ایک سرخ رنگ کا سیب اٹھا کر اسے دونوں ہاتھوں سے مسلنے لگی۔ اور پھر اسے بھارت کے دانتوں کے برابر لے گئی۔ اس نے سنجیدہ نگاہوں میں شوخی بھری اور ترچھے انداز سے آرتی کو دیکھا۔ آرتی کی چھلکتی آنکھیں اس کے دل کی کیفیت بیان کر رہی تھیں۔ وہ بے حد خوش نظر آ رہی تھی۔ دونوں ایک دوسرے کو بیباک دیکھ رہے تھے۔ آرتی بولی۔

"لیجئے!"

"پیٹ بھر گیا ہے"

"تو کیا ہوا؟ اپنا جی تو ابھی تک نہیں بھرا"——— آرتی نے یہ کہتے ہوئے وہ سیب اس کے ہونٹوں سے مل گئے تھے۔ اس کے دل میں لذت کی ایک پھوار سی اٹھی۔ اور اس نے آرتی کی چھلکتی ہوئی آنکھوں میں جھانکا۔ لمبی اور کالی پلکیں بار بار جھپک رہی تھیں۔ اس نے جھٹ دانت سیب میں گاڑ دیئے اور ایک بڑا سا ٹکڑا کاٹ لیا۔ آرتی نے فوراً سیب ہٹا لیا۔ اور دوسری طرف سے خود کھانے لگی۔

دونوں بے اختیار ہنسنے لگے۔ اور بہت دیر تک ہنستے گئے۔ آرتی نے اس سیب کو چاروں طرف سے کاٹ کھایا۔

"بچے سکول گئے ہیں کیا؟"——— آرتی نے ہنسی کے فوراً بعد سلسلۂ گفتگو بدلتے پوچھا۔

"نہیں"

"تو کہاں ہیں؟"

"اپنی موسی کے ہاں!"

"ان کی موسی بھی ہے؟ میرا مطلب دلی میں رہتی ہے؟" ـــــ آرتی نے قدرے حیران ہوکر پوچھا۔

"ہاں ہے۔ لیکن دلی سے باہر۔ شاہدرہ میں۔ بہت دنوں سے انہیں لے جانے کی سوچ رہی تھی۔ بڑے دنوں کی رخصتوں کا بہانہ ملا تو لے گئی۔"

آرتی چند لمحے تک خاموش رہی اور پھر آہستگی سے پوچھا۔

"ان کی موسی جانتی ہے۔ آپ دوسرا بیاہ رچانے لگے ہیں؟"

آرتی کی بات سنتے ہی بھارت کے دل کو ٹھیس سی لگی۔ لیکن جھٹ وہ سنبھلتے ہوئے بولا۔

"ہاں آرتی! اسی لئے وہ بچوں کو لے گئی ہے۔"

"تو کیا وہ اب نہ آئیں گے؟" ـــــ اس نے پوچھا۔

"نہیں۔ ایسی بات تو نہیں۔ یہ بچوں کی موسی کی ہی رائے تھی۔ کہ بیاہ کے دنوں میں بچوں کا قریب رہنا اچھا نہیں ہوتا۔ اور آرتی میری بھی مرضی کچھ ایسی تھی شادی کے فوراً بعد میں کسی غیر ممالک میں ہنی مون کا پروگرام بنا رہا ہوں۔ اور پھر ہمارا ہر وقت کا ساتھ۔ یہ مسکراہٹیں ـــــ یہ محبت کے انداز ـــــ ان سب کی آزادی کے لئے بچوں کا پاس ہونا کچھ اچھا نہیں لگتا۔"

"سوچا تو آپ نے ٹھیک ہے۔ لیکن ڈرتی ہوں۔"

"کس بات سے؟" ـــــ اس نے فوراً پوچھا۔

"کہیں موسی کسی غلط فہمی کی زد میں آکر بچوں کو ہمیشہ کے لئے اپنے پاس نہ رکھ لے!"

"کن باتوں میں دماغ کو الجھا رہی ہو۔ کل کیا ہوگا۔ دیکھا جائے گا۔" بھارت

نے فوراً بات بدل دی۔ اور ہونٹوں پر زبردستی مسکراہٹ لاتے ہوئے آرتی کو تھامتے ہوئے ڈرائنگ روم میں چلا آیا۔

ڈرائنگ روم کے صوفے پر گرم کپڑے کے دو ٹکڑے رکھے تھے۔ بھارت نے ہاتھوں سے ان کی ملائم سطح کو محسوس کرتے ہوئے حیرت سے پوچھا۔

"یہ کون لایا ہے؟"

"میں۔ آپ کے سوٹوں کے لئے۔ دو گھنٹہ ہوائی جہاز ہانگ کانگ رکا۔ وہاں سے لے آئی۔ کہئیے پسند ہیں؟"

"تم اس شوق سے لاؤ۔ اور میں پسند نہ کروں؟"

"یہ میں نہیں لائی۔ ماں نے بھجوائے ہیں۔ کیسا ہے اپنی من مرضی کے سلوا لیجیئے! اور سلائی کا بل ہمیں بھجوا دیجئے!"

"آرتی!......."

"ہاں۔ میں کیا جانوں؟ سنا ہے۔ رسم و رواج ایسے ہیں۔ شادی کے وقت دولہا کو دیئے جاتے ہیں۔"

"کیا تم ان رسم و رواج کو مانتی ہو؟"

"کبھی اس بارے میں سوچا نہیں۔ ہاں ماں مانتی ہے۔ اور مجھ میں اس کی خوشیوں میں دخل دینے کی طاقت نہیں۔"

"تو ماں کو ایک بات میری بھی کہہ دینا۔"

"کیا؟"

"مجھے بھی دلھن کے لئے کئی چیزوں کو بنوانا ہے۔ زیور کپڑے وغیرہ اور گھر میں کوئی عورت۔ جو میرا ساتھ دے سکے۔ کیا ان کے رسم و رواج اجازت دیتے ہیں۔ کہ میں ان کی بیٹی کو مدد کے لئے ہمراہ لے جاؤں؟"

آرتی بھارت کی بات سنتے ہی شرم سے سرخ ہو گئی۔ اور منہ موڑ کر الگ ہونے لگی۔ بھارت نے جھٹ اسے روک لیا۔ آرتی نے پلکیں موندلیں اور خمیلی نگاہوں کو سکون دینے کے لئے بھارت کے سینے کا سہارا لے لیا اس کے سانسوں کی تپش بھارت کے بدن کو گدگدانے لگی۔ بھارت نے اس کا شانہ دباتے ہوئے پوچھا۔

"کہو آرتی۔ کب چلوگی؟"

"کہاں؟"

"بازار۔ شاپنگ کرنے۔"

"جب لے جائیے گا۔"

"کل کا پروگرام بنائیں۔"

"کب چلنا ہوگا؟"

"سویرے ہی۔ ناشتے کے بعد نکل چلیں گے۔"

"کل شام کو کیا رہے گا؟"

"کیوں؟"

"مجھے کل آفس جانا ہوگا"

"ایک روز کی رخصت لے لونا۔"

"اسی لئے تو جانا ہے۔ ایک روز کی نہیں ہمیشہ کی رخصت لینے مجھے کل نوکری سے استعفیٰ دینا ہے۔"

"کیوں؟" ــــــ اس نے بے ساختہ پوچھا۔

"آپ بھول گئے۔ میں ایرہوسٹس ہوں۔ اور کوئی شادی شدہ عورت یہ نوکری نہیں کر سکتی!"

"اوہ۔ سمجھا۔ تو پھر کل شام ہی ٹھیک رہے گا۔"

ماں کو بھی ہمراہ لے آؤں؟"

"نہیں۔"

"کیوں؟"

"ممکن ہے تم وہ نہ خرید سکو۔ جو تمہارے من کو بھائے"۔۔۔۔۔ بھارت کے جواب کو سن کر وہ مسکرا دی اور الگ ہو کر جانے لگی۔

"اب کہاں کا ارادہ ہے؟"

گھر ماں کے پاس تو بیٹھ ہی نہیں پائی۔ انھیں مجھ سے بہت سی باتیں کرنی ہیں"۔۔۔۔۔ آرتی یہ کہتے ہی باہر چلی گئی۔ بھارت اس کے ساتھ پھاٹک تک گیا، اور پھر کمرے میں لوٹ کر تصورات کی حسین دنیا میں کھو گیا۔ اس کے خواب پورے ہو رہے تھے۔ تمنا کی کلیاں پھوٹ رہی تھیں +

# باب (۱۳)

بھارت آج کام پر نہ گیا تھا۔ صبح سے اپنے کمرے میں بیٹھا دلہن کی ضروریات کی لسٹ بنا رہا تھا۔ ساڑھیاں۔ سوٹ۔ زیورات۔ جوتے اور سنگھار کا سامان۔ اس نے کئی لسٹیں بنائیں اور ضائع کر دیں۔ پھر بنائیں اور پھاڑ دیں وہ صبح سے یہی کام کر رہا تھا۔

اسی کام میں دوپہر گذر گئی۔ شام قریب آتی جا رہی تھی۔ اور اس کی بیقراری بڑھ رہی تھی۔ آج اس نے اسی کام کے لئے بینک سے بیس ہزار روپیہ منگوا لیا تھا۔ اور بیٹھا ہوا آرتی کا انتظار کر رہا تھا۔ آرتی آج اس کے لئے پانچ سو روپیہ ماہوار کی نوکری ترک کر کے آ رہی تھی۔ ایک پڑھی لکھی حسین لڑکی کے لئے یہ قربانی کوئی معمولی بات نہ تھی اور اس حقیقت سے بھارت بخوبی آشنا تھا۔ آرتی یہ سب کچھ اس کی محبت کے لئے کر رہی تھی۔

وہ اسے کوئی دھوکا نہ دینا چاہتا تھا۔ اس کا ہر ارمان۔ ہر آرزو پوری کرنا چاہتا تھا۔ جن ارادوں سے وہ اس گھر میں آ رہی تھی۔ وہ اس سے کہیں

زیادہ خوشیاں اس کے راستے میں بکھیر دینا چاہتا تھا۔ انہی خیالوں میں کھویا وہ آرتی کا انتظار کر رہا تھا۔

ابھی شام ہونے میں کافی وقت تھا۔ کوٹھی میں کسی موٹر کار کے رکنے کی آواز سنائی دی۔ بھارت نے گھر گھر کی آواز کو رکتے سنا۔ تو گھڑی کو دیکھا۔ چار بجنے میں دس منٹ باقی تھے۔ شاید آرتی آگئی۔ وہ اٹھا اور باہر جاتے جاتے یکبارگی رک گیا۔ اس نے سوچا ضرورت سے زیادہ بیقراری کی نمائش بھی اچھی نہیں۔ یہ سوچتے ہی وہ اپنی جگہ پر بیٹھ گیا۔ اور اس آہٹ پر کان لگائے جو تھوڑی ہی دیر میں کانوں سے اتر کر دل کی گہرائیوں کو چھونے والی تھی۔

پارلر سے ہوتی ہوئی آہٹ ڈرائنگ روم میں آکر رک گئی وہ اپنے کمرے میں اپنا سانس روکے اس آواز کو سننے کے لئے بیقرار ہو گیا۔ جو ابھی تسمبھو کو پکار کر پوچھنے والی تھی۔ صاحب گھر پر ہیں کیا؟ آواز سنائی دی۔ ایک باریک اور زنانہ آواز۔ آرتی کی آواز سے بہت مختلف۔ کوئی کمرے کی خاموش دیواروں سے پوچھ رہا تھا۔

"گھر پر ہے کوئی کیا؟"

بھارت پہلے تو ساکن ہو گیا۔ اور جب پوچھنے والے نے دوبارہ یہی سوال دوہرایا تو ہڑبڑا کر اٹھا۔ اور تیزی سے ڈرائنگ روم میں آگیا۔ ایک اجنبی اور اونچے قد کی بھاری بھرکم عورت جو غالباً لباس سے کسی امیر گھرانے کی زیبائش معلوم ہو رہی تھی۔ بھارت کی حیران نگاہوں کا جائزہ لینے لگی۔ بھارت ابھی اس کی موجودگی اور جغرافیئے کا مطالعہ ہی کر رہا تھا۔ کہ موٹے جبڑے کھول کر بولی۔

"یہ کیا آپ کے بچے ہیں؟"——— اس سوال کے ساتھ ہی اس نے اپنے بھاری بھرکم جسم کو ہٹا کر پہلو بدلا۔ سامنے صدر دروازے میں ایک شخص دونوں

ہاتھوں میں انل اور انیتا کو تھامے ہوئے کھڑا تھا۔ بچوں نے ڈیڈی کو دیکھا اور چلاتے ہوئے اس کا بازو چھڑا کر ڈیڈی ڈیڈی پکارتے ہوئے بڑھے۔ بھارت نے کانپتے ہوئے دونوں کو اپنے بازوؤں میں لے لیا۔ بکھری صورت۔ پریشان بال۔ پھٹے ہوئے کپڑے اور چہروں پر میلے داغ وہ ان کی یہ حالت دیکھ کر سر سے پاؤں تک کانپ گیا اور پوچھنے لگا۔

"یہ آپ کو کہاں ملے؟"

میرٹھ سے آنے والی سڑک پر ننگے پاؤں ہانپتے ہوئے سڑک پر بھاگے آرہے تھے۔ میں نے گاڑی روکی اور انہیں ہمراہ لے آئی۔"

"شکریہ! ——— آپ نے مجھ پر بہت بڑا احسان کیا ہے۔ یہ شاہدرہ میں اپنی موسی کے ہاں گئے تھے۔"

"نہیں ڈیڈی وہ ہماری موسی نہیں۔ ڈائن ہے" ——— انیتا نے چلا کر کہا۔

"ہاں ڈیڈی! وہ موسی نہیں چڑیل ہے" ——— انل نے کلیلا کر کہا۔

وہ عورت مڑ کر دروازے میں کھڑے شخص سے بولی ——— "ڈرائیور چلو دیر ہو رہی ہے۔" اور باہر نکل گئی۔ بھارت اس کے پیچھے آیا اور بولا ——— "ٹھہریئے تو۔ چائے۔"

"NO THANKS" بلند آواز میں عورت نے کہا۔ اور زور سے موٹر کار کا دروازہ بند کر لیا۔ بھارت ابھی اسے کچھ کہنے کی سوچ ہی رہا تھا۔ کہ موٹر کار پھاٹک سے باہر نکل گئی۔

بھارت بچوں کو شفقت سے تھامے اندر لے آیا۔ اور شمبھو سے ان کے لئے غسل کا پانی اور کپڑے تیار کرنے کو کہتا ہوا انہیں اپنی خواب گاہ میں لے آیا۔

دونوں کو سامنے بٹھلا کر پوچھنے لگا — "کیوں انل کیا ہوا؟"

"وہ موسی دو روز تک تو ہمیں خوب مٹھائیاں دیتی رہی۔ جب ہم نے یہاں آنے کو کہا۔ تو ہمیں مارنے لگی۔"

"ہاں ڈیڈی!" — انیتا نے بلکتے ہوئے کہا — "اس نے ہمیں خوب مارا۔ اس کا گھر بہت گندہ تھا۔ ٹوٹا پھوٹا ہوا جانوروں کا طویلا۔ ہم وہاں کبھی نہ جائیں گے۔"

"ہاں ڈیڈی! ہم اب وہاں کبھی نہ جائیں گے۔ وہ ہماری موسی نہیں ڈائن ہے۔" انل نے بے اختیار روتے ہوئے کہا۔

"ہاں یہ بچے ٹھیک کہتے ہیں۔ میں ایک ڈائن ہوں۔ چڑیل ہوں۔" یہ آواز سنتے ہی بھارت کا کلیجہ دھک سے رہ گیا۔ اس نے ڈرتے ڈرتے نظریں گھما کر دیکھا۔ سامنے کملا آنکھوں میں ایک عجیب بھیانک ارادہ لئے کھڑی تھی۔ بھارت کے پاؤں تلے کی زمین کھسک گئی۔ وہ ہکا بکا رہ گیا۔ اس نے محسوس کیا۔ آج کملا کی آنکھوں میں جھجک نہ تھی۔ پیشانی پر گھبراہٹ کا پسینہ بھی نہ تھا اور اس کے قدموں کی لڑکھڑاہٹ بھی غائب تھی۔ وہ یہ دیکھ کر خود ڈر گیا۔ کملا اپنے قدموں کو فرش پر جمائے اس کے بالکل سامنے آ ٹھہری تھی۔ بچے خوف سے کانپنے لگے۔ اور بھارت کی ٹانگوں سے آچپکے۔ بھارت نے انہیں ایک طرف الگ کرتے ہوئے گھور کر کملا کو دیکھا اور بلند آواز میں چلایا — "یہاں کیا لینے آئی ہو؟"

"اپنے حقوق!" — وہ پہلو بدل کر بے رخی سے بولی۔

"جو بچے ماں کی ممتا کو نہ پہچان سکے۔ انہیں اپنانے سے کیا فائدہ؟"

"اس لئے کہ وہ حقیقت سے ناآشنا ہیں۔ تمہیں ان سے کہہ دینا ہوگا کہ میں ان کی موسی نہیں۔ ماں ہوں۔ ماں۔"

"کملا ......!" وہ چلایا اور رُک گیا۔ اس نے بچوں کو باہر چلے جانے کا اشارہ کیا۔ وہ دونوں سہمے ہوئے کملا سے بچ کر باہر آگئے۔ اسی وقت صدر دروازے سے مسکراتی ہوئی دیدی کو آتے دیکھ کر دونوں بچے خوف کے دبائے اس کی ٹانگوں سے چپک گئے۔ ان کی حالت کو دیکھ کر وہ حیران رہ گئی۔ دوسرے کمرے سے بھارت کی کڑکتی ہوئی آواز کو سن کر وہ اس جانب بڑھنے لگی دونوں بچے اسے وہاں جانے سے روکنے کی کوشش کرنے لگے۔

انل بولا —— "دیدی وہاں نہ جاؤ۔"

"کیوں؟"

"وہاں ایک عورت ہے ڈائن جو کہتی ہے۔ میں تمہاری ماں ہوں۔"

انیتا نے آہستہ سے سسک کر کہا اور پھر بولی۔

"وہ ہمارے ڈیڈی سے لڑنے آئی ہے!"

آرتی کچھ نہ سمجھی۔ او دبچوں کو ایک جانب ہٹا کر آہستہ آہستہ قدم اٹھاتی ہوئی بھارت کے کمرے کے دروازے تک آرُکی۔ اس نے پردے کی سلوٹ کو ہٹا کر اندر جھانکا۔ سامنے بھارت کھڑا کسی عورت سے الجھ رہا تھا۔

"دیکھو کملا! اگر تم میرے گھر کو برباد کرنے کی کوشش کرو گی۔ تو میں تمہیں زندہ نہ چھوڑوں گا۔"

بھارت کی گرجتی ہوئی آواز سن کر آرتی جھینپ گئی۔ اور ہٹ کر پردے میں چھپ گئی۔ کملا کا نام سنتے ہی وہ حیران ہوتی سوچنے لگی۔ یہ کملا کون ہے؟ بھارت اور ان بچوں سے اس کا کیا رشتہ ہے؟ بچوں کی ایسی حالت کیونکر ہوئی؟ وہ تو اپنی موسی کے ہاں گئے تھے؟ وہ ابھی یہ سوچ بھی نہ پائی تھی۔ کہ کملا نے رُکتے ہوئے جواب دیا۔

"اچھا ہی ہو جو آپ مجھے اس جیون سے نجات دے دیں۔ یوں سسک سسک کر جینے سے موت کہیں بہتر ہے۔"

"تو مر جاؤ۔ میری نظروں سے دور ہو جاؤ۔ میری جان کی وبال کیوں بنی ہوئی ہو۔"

"یہی تو دل نہیں مانتا۔ تم یہاں شادی رچا کر رنگ رلیاں مناؤ۔ اور میں اپنے بچوں کا منہ دیکھنے کے لئے ترسوں۔ یہ کہاں کا انصاف ہے؟ ایک پاپ تو بھگوان بھی معاف کر دیتا ہے۔ پھر تم تو انسان ہو۔ اگر تم چاہو تو مجھے گناہوں کو دھونے کا موقعہ مل سکتا ہے۔ گھر میں نوکر بنا کر رکھ لو۔ وعدہ کرتی ہوں کبھی زبان نہ کھولونگی۔ مجھے میرے بچوں کے پاس رہنے دو۔ آخر میں ان کی ماں ہوں۔"

آخری الفاظ کملا کے منہ پر ہی تھے۔ کہ اس نے بڑھ کر کملا کا منہ بند کر دیا۔ اور پہلو بدل کر سامنے رکھی ہوئی الماری کے قد آدم آئینے میں جھانکنے لگا۔ جس میں آرتی کا عکس نظر آرہا تھا۔ وہ پردے کے پیچھے سمٹی کھڑی سب کچھ سن رہی تھی۔ جس چیز سے وہ ڈر رہا تھا وہی ہوا۔ آرتی نے اسے پہچان لیا تھا۔ گھبراہٹ میں اس کی زبان سے نکلا۔ "آرتی"۔

آرتی جو گم سم ہوئی حیران ہو رہی تھی۔ کہ یہ کیا ہو رہا ہے۔ اپنا نام سن کر سنبھلی اور آہستہ سے پردہ چھوڑ کر اندر آگئی۔ آرام کرسی کا سہارا لئے کھڑی کملا کو دیکھ کر تو اس کے ہاتھوں کے طوطے چھوٹ گئے۔ اس کا دماغ جو پہلے ہی اپنی جگہ پر نہ تھا۔ کملا کو دیکھ کر پھٹ گیا —— کملا —— ایک خادمہ —— ان بچوں کی ماں اور اس کے ہونے والے شوہر کی بیوی۔ وہ یہ سب سوچ کر پاگل ہو گئی۔ اس کا سانس رک گیا اور وہ تمام فضا اس کی آنکھوں

کے سامنے گھوم گئے۔ جنہیں اس نے اپنی مسرتوں کی زینت بنا رکھا تھا۔ اور وہ اپنے آپ کو ایک گنجان جال میں قید ہوئے محسوس کر کے بے ساختہ چیخی۔ آواز خشک گلے کو چیرتی ہوئی ڈرائنگ روم کی بلند دیواروں سے ٹکرا کر رہ گئی۔ اور ہزاروں میل لمبی چوڑی دیواریں گرتی ہوئی اس کے دماغ پر ایک ملبے کا ڈھیر چھوڑ گئیں۔

بھارت جو ابھی تک اپنی بربادیوں کا ٹھیک سے نقشہ بھی نہ بنا سکا تھا۔ اس کی چیخ سُن کر بڑھا اور اُسے روکنے کی کوشش کرنے لگا۔ آرتی تلملاتی ہوئی کمرے سے باہر نکل گئی۔ اور بھارت کی بلند پکاروں کی پرواہ نہ کرتے دیوانہ وار پھاٹک کی جانب دوڑی۔ جہاں وہ ٹیکسی ابھی تک اس کا انتظار کر رہی تھی۔ جس میں تھوڑی دیر پہلے وہ ہوائی اڈے سے آئی تھی۔ بھارت جب اُسے پکارتا ہوا ٹیکسی تک آیا تو ٹیکسی روانہ ہو چکی تھی۔ اس کے کانوں نے کلپاتی آواز میں اتنا ہی سنا ــــــ "پالم۔ جلدی!"

وہ واپس ہو کر ہوائی اڈے کی جانب چلی گئی۔

بھارت کی مانو پل بھر میں تمام دنیا ہی لٹ گئی ہو۔ وہ غصے میں دیوانہ ہوا کوٹھی میں دوبارہ لوٹا۔ کملا ابھی تک ڈرائنگ روم کے اندرونی دروازے سے چپکی کھڑی تھی۔ سہمے ہوئے بچے دوسرے کمرے سے باہر آ چکے تھے۔ ڈیڈی کو دیکھتے ہی انہوں نے ایک آواز میں پوچھا۔

"دیدی کہاں گئی؟ ڈیڈی!"

وہ ان کی معصوم اور درد بھری آواز سن کر یکبارگی رُک گیا۔ ایک نگاہ ان کے بھولے بھالے چہروں پر ڈالی اور دوسری نگاہ کملا پر۔ جو خوف اور گھبراہٹ سے زمین میں دھنسی جا رہی تھی۔ وہ دونوں بچوں کو تھامے کملا تک گیا اور اپنے جذبات کو قابو میں کرتے ہوئے بخشہ آواز میں بولا ــــــ انل۔

انیتا! جانتے ہو یہ سامنے کون کھڑی ہے؟"

دونوں نے گردن جھٹکا دی۔

"یہ تمہاری موسی نہیں۔ ماں ہے۔"

"ڈیڈی!—— دونوں کے گلے سے ایک ہی وقت نکلا۔ اس آواز نے کملا کے بدن کو بھی لہرا دیا۔ اور جب اس نے بھارت کی سرخ آلودہ آنکھوں میں جھانک کر دیکھا۔ تو اس کی گرج سنائی دی——"ہاں! یہ ہی تمہاری ماں ہے۔ جو ماتا کے پردے میں لوگوں کا خون کرنا بھی جانتی ہے۔ کسی کی خوشیوں کو ماتم میں بدل دینا ہی اس کی زندگی ہے۔ بسے ہوئے گھروں کو تباہ کرنا اس کا شوق ہے۔ یہ خون پیتی ہے اور گناہ اگلتی ہے۔ یہ تمہاری ماں ہے!"

بھارت ایک ہی سانس میں یہ سب کچھ کہہ گیا۔ اور پھر رُکتے رُکتے بولا۔

"میں آج تمہیں اس ماں کو سونپتا ہوں۔ یہ گھر—— یہ دولت—— یہ آرام—— یہ آسائش—— آج سے سب تمہاری ہیں۔ تمہیں اس کے حقیقی حقدار ہو۔ میں کچھ بھی نہیں۔ میں جا رہا ہوں"—— بھارت نے ایک جھٹکے کے ساتھ دونوں کو اپنے سے الگ کیا۔ اور تیز تیز قدم اٹھاتا باہر نکل گیا۔

شمبھو اور بچے باہر کی جانب دوڑے اور جب بھارت کو موٹر کار میں سوار ہوتے باہر نکلتے دیکھا تو رُک گئے۔ بچے ڈیڈی ڈیڈی چلانے لگے۔ لیکن وہ نہ رُکا۔ موٹر کار کی تیز آواز کانوں میں گونج کر رہ گئی۔ شمبھو نے بچوں کو بازوؤں میں اٹھایا۔ اور اندر لے آیا۔

آرتی وہاں سے سیدھی پالم ہوائی اڈے پر گئی۔ اور ٹیکسی سے اترتے ہی سیدھی سادھنا سے ملی۔ سادھنا نے جب اس کی زبان سے تمام ماجرا سنا تو اسے بے حد رنج ہوا۔ اور تسلی دینے کو ایک جانب لے جا کر بولی۔

"اسی لئے کہا تھا۔ استعفٰے دینے میں جلدی نہ کر۔ پہلے ہر بات کی چھان بین کرلے۔ پھر یہ قدم اٹھا۔ لیکن عشق سر چڑھ کر بول رہا تھا"۔

"سادھنا!" —— اس نے اپنی آنکھوں میں آنسو ضبط کرتے ہوئے پکارا۔ اور بولی —— "مجھے کیا معلوم تھا کہ محبت مجھے زندگی کا اس قدر بڑا دھوکا دے گی۔ ماں سُننے گی تو اس کا دل ٹوٹ جائے گا۔ وہ تو دن رات میری خوشیوں کے لئے گھڑیاں گن رہی ہے"۔

"لیکن اتنے دنوں تک تو بے خبر کیونکر رہی؟"

"محبت نے اندھا کر رکھا تھا۔ اور جانتی ہے وہ کون ہے؟"

"کون؟"

"وہی کملا۔ جسے ہم ہنومان مندر کی سیڑھیوں سے اُٹھا کر گھر لے آئے تھے۔"

"او۔ آئی۔ سی۔ تب ہی اس رات تماشے کے طوطے اُڑ رہے تھے۔ میں بھی بار بار سوچوں۔ ان کو ہو کیا گیا ہے۔ وہ کپکپی —— طشتری کا گرنا۔ اور ان کی گھبراہٹ۔ یہ سب کملا کی وجہ سے تھی۔"

"ماں نے سوچا شاید ان کی طبیعت ٹھیک نہیں۔ اور کملا بھی اسی رات کو گھر چھوڑ کر کہیں چلی گئی"۔

"میری بات مانو۔ آرتی! اب بھی موقعہ ہے۔ تمہارا استعفٰے ہیڈ آفس کو نہیں گیا۔ شام کی ڈاک سے جائے گا۔ تم مسٹر مکرجی سے خود مل لو۔ وہ اسے پوسٹ بیگ میں سے نکلوالیں گے"۔

"میں کس منہ سے کہوں؟ وہ میرا مذاق اُڑائیں گے۔ صبح ہی تو وہ کہہ رہے تھے۔ آرتی! اسٹاف تمہیں فیرویل پارٹی دینے کی سوچ رہا ہے"۔

"اچھا۔ تم سامنے بار میں بیٹھو۔ میں ان سے ملتی ہوں" ——— سادھنا نے آرتی کو حوصلہ دیا۔ اور خود اندر چلی گئی۔ آرتی گردن لٹکائے مشکل سے اپنے دل کا درد سنبھالے بار کی جانب گئی۔

اسی وقت صدر دروازے سے بھارت داخل ہوا۔ آرتی کو نڈھال ہوئے دیکھ کر وہ رُک گیا۔ اور جب وہ بار کے بیرونی شیشے کے دروازے کو کھول کر اندر گئی۔ تو بھارت بھی قدموں میں آہٹ دبائے اس کے پیچھے ہو لیا۔

"آرتی نے جونہی بوجھل آواز میں بیرے کو ایک گلاس پانی لانے کو کہا۔ بھارت نے مداخلت کرتے ہوئے کہا ——— "پانی نہیں۔ دو گلاس آرنج جوس!"

آرتی نے بھارت کی آواز سنتے ہی رُخ بدلا۔ اور اُسے دیکھ کر نفرت سے پہلو بدل کر بیٹھ گئی۔ بھارت اس کے سامنے کی کرسی پر آبیٹھا۔ آرتی سٹ پٹا کر اٹھی۔ اور لمبے لمبے قدم اٹھاتی ہوئی بار کے بیرونی برآمدے میں جا رُکی بھارت بھی اس کا پیچھا کرتے ہوئے وہاں آگیا۔ وہ منہ پھیر کر ستون کے سہارے رُک گئی۔

"آرتی! میری بات تو سنو!"

"اب اور کچھ سننے کو رہ گیا ہے؟"

"ہاں۔ بہت کچھ۔ آرتی! تم کسی غلط فہمی کا شکار ہو رہی ہو۔"

"تو ہونے دیجئے۔ میں اب آپ کی باتوں میں آنے والی نہیں" ——— آرتی غصے میں یہ کہہ کر اندر لوٹنے لگی۔ بھارت نے راستہ روک لیا۔ اور بولا۔

"تمہیں زندگی کا فیصلہ کرنے سے پہلے میری بات کو سننا ہوگا۔"

"وہ میں کر چکی۔ اب میں آپ کے فریب اور جھوٹی دنیا پھنسنے والی نہیں۔

.. آپ یہاں سے چلے جایئے۔ مجھے زیادہ پریشان نہ کیجئے۔ آپ مکار ہیں۔ آپ فریبی اور دھوکے باز ہیں۔ میں آپ کی صورت کبھی دیکھنا نہیں چاہتی۔"

"آرتی...... ایسا نہ ہو کہ ہمیں پچھتانا پڑے۔"

"اگر بیاہ ہو جاتا تو ضرور پچھتاتی۔ لیکن بھگوان نے میری لاج رکھ لی میں کیا جانتی تھی۔ کہ آپ مجھے اتنا بڑا دھوکا دینے جا رہے ہیں ——

وہ تلملا کر اس کے سامنے آگئی۔ اور رُکتے ہوئے بولی —— "میں کیا جانتی تھی۔ کہ آپ مجھے اتنا بڑا دھوکا دینے جا رہے ہیں —— وہ تلملا کر اس کے سامنے آگئی۔ اور رکتے ہوئے بولی —— میں کیا جانتی تھی کہ آپ کی بیوی ابھی......"

آرتی کی زبان پر ابھی الفاظ لڑکھڑائے ہی تھے۔ کہ بھارت نے ہتھیلی سے آرتی کا منہ بند کر دیا اور رُکتے رُکتے بولا —— "نہیں آرتی۔ ایسا نہ کہو کملا میری بھابی ہے۔ وہ نہیں جو تم سمجھ رہی ہو۔"

بھابی کا لفظ سنتے ہی آرتی ہکا بکا رہ گئی۔ وہ یوں سُن ہو گئی۔ جیسے کاٹو تو جسم میں لہو نہ ہو۔ اس کی آنکھیں پھیلی کی پھیلی رہ گئیں۔ وہ بت بنی ہوئی بھارت کے چہرے کو دیکھنے لگی۔ جس سے پسینہ یوں پھوٹ رہا تھا جیسے بدن میں بھاپ بن رہی ہو۔ آرتی کے ہونٹ کھلے رہ گئے۔ وہ مشکل سے کہہ پائی۔

"کملا! تمہاری بھابی ہے؟"

"ہاں آرتی! وہ میری بھابی ہے۔ انل اور انیتا اسی کے بچے ہیں۔"

"اور تم؟" —— وہ بے ساختہ چلائی۔

"حقیقت میں مَیں ان کا چچا۔ ظاہراً ان کا ڈیڈی.......'' وہ یہ کہتا ہوا لڑکھڑایا۔ آرتی نے لپک کر اسے سہارا دیا۔ اور برآمدے میں بچھے ہوئے صوفے پر بٹھلا دیا۔ اس نے اپنے آنسو پونچھے اور اُن کے برابر آ بیٹھی۔

بیرا دو گلاس آرنج جوس لے کر آیا۔ اور دونوں کے سامنے رکھ گیا۔ دونوں چند لمحے تک خاموش رہے۔ آرتی نے خاموشی کو توڑنے کے لئے جوس کا گلاس اٹھایا اور بھارت کو تھما دیا۔ دوسرا خود تھام لیا۔ دونوں کے دل ولولے اس جوس کی طرح سرد ہو چکے تھے۔

# باب (۱۴)

دونوں آہستہ آہستہ جوس کے گھونٹ حلق میں اتار رہے تھے۔ بھارت آرتی کو زندگی کا وہ راز بیان کرنے لگا۔ جو آج برسوں سے اس کے سینے میں سلگ رہا تھا۔ بھارت اور گوپال دو بھائی تھے۔ گوپال بڑا اور بھارت چھوٹا دونوں میں بے حد پیار تھا۔ اور گوپال کی بیوی کملا بھی بھارت کو اپنے جگر کا ٹکڑا سمجھتی تھی۔ لاکھوں کی جائیداد ورثے میں تھی۔ لیکن دونوں بھائیوں نے کبھی ایک دوسرے کو اپنے سے الگ نہ سمجھا تھا۔ اس وقت انل دو برس کا اور انیتا ایک برس کی تھی۔ لاکھن گوپال کا سالا تھا۔ جو نکما رہنے کی وجہ سے ایک مدت سے بہنوئی کے ٹکڑوں پر پلتا آ رہا تھا۔ اور اس کے عوض میں گھر کی دیکھ بھال اور بازار کا سامان لایا کرتا تھا۔

ایک روز اس نے اپنی بہن کملا کے کانوں میں یہ پھونک دیا کہ اگر وہ لاکھوں کی جائیداد اکیلی ہضم کرنا چاہتی ہے تو اپنے دیور بھارت کو راستہ سے ہٹا دے۔ کملا نے جب بھائی سے یہ سنا تو اسے ڈانٹ دیا اور گھر سے نکال دینے

کی دھمکی دے دی لیکن لاکھن باز نہ آیا اور برابر بہن کے کانوں میں یہ بات پھونکتا رہا تھا۔

ایک روز کملا نے لاکھن کی بات پر غور کیا۔ اور سوچا۔ وہ بات غلط نہیں کہہ رہا تھا۔ بلکہ اسی کی بھلائی کی سوچ رہا تھا۔ جو آج زندگی کا حصہ دار ہے۔ کل کانٹا بھی بن سکتا ہے۔ آج وہ اکیلا ہے۔ کل وہ بال بچے دار ہوگا۔ اور ممکن ہے بھائی سے الگ ہو جانے کی دھمکی بھی دے دے۔ تب تو وہ ان لاکھوں میں سے آدھا لے جائے گا۔ اگر یہ کانٹا ان کے درمیان سے نکل جائے تو وہ زندگی بھر سکھی رہ سکتے ہیں۔ اس کے بچوں اور پوتوں تک کے لئے آرام کی زندگی مہیا ہو سکتی ہے۔ اور یہ لاکھوں کی جائداد کروڑوں کی مالیت بن سکتی ہے۔

یہ خیال ایک جنون بن کر کملا کے دماغ میں بیٹھ گیا۔ اور وہ اٹھتے بیٹھتے چلتے پھرتے دن رات اسی دھن میں کھوئی رہتی۔ اور ایک رات یہ راز اس نے لاکھن سے بھی کہہ دیا۔ لاکھن پہلے ہی تیار بیٹھا تھا۔ اس نے بہن کے ہاتھوں میں ایک ایسا زہر دیا جو انسان کو فوراً نہیں بلکہ آہستہ آہستہ ختم کرنے میں کام آتا ہے۔ پہلے بخار آتا ہے۔ دو چار روز کے بعد بھوک بند ہو جاتی ہے اور ساتویں دن پیٹ کی شکایت ہوتے ہی آدمی چل بستا ہے۔

کملا جس کی رگوں میں ماتا کا رس تھا۔ چند ہی دنوں میں ایک ناگن بن گئی اور ایک رات کھانے میں زہر ملا بیٹھی۔ لیکن ہونی کو کچھ اور ہی منظور تھا۔ دونوں بھائی جب کھانا کھانے بیٹھے تو انھوں نے اپنی تھالیاں بدل لیں۔ زہر بھارت کی جگہ گوپال پر اثر کر گیا۔ کملا نے دیور کی جگہ اپنے شوہر کو زہر دے دیا۔ کملا جب حقیقت سے آشنا ہوئی تو روتی ہوئی شوہر کے قدموں میں گر گئی۔ اور پھوٹ

پھوٹ کر رونے لگی اور اپنا گناہ خود ہی تسلیم کرلیا۔

تیر ہاتھ سے نکل چکا تھا۔ شہر بھر کے ڈاکٹر مایوس ہوگئے۔ گوپال کے بچنے کی کوئی صورت نہ رہی۔ کملا پولیس کی حراست میں لے لی گئی۔ تب مرنے سے پہلے بھیّا نے اس سے ایک وعدہ لیا۔ اس کے کندھوں پر ایک ذمہ داری رکھی کہ وہ زندگی بھر شادی نہ کرے گا۔ اور ان بچوں کا باپ بن کر انہیں کبھی یتیم نہ رکھے گا اور نہ ہی بچے یہ جان سکیں کہ ان کی ماں ایک ناگن تھی جو ان کے باپ کو ڈس گئی۔ وہ مرنے سے پہلے تمام جائداد بھارت کے نام کرگیا۔ تبھی سے وہ ان کا ڈیڈی ہے!"

دونوں پھر خاموش ہوگئے۔ آرتی کے دماغ پر آج برسوں پہلے کا قصہ فلمی تصویر کی طرح اپنے نقش چھوڑ رہا تھا۔ اور وہ کملا کی معصوم صورت کے پیچھے اس گناہ کا قیاس کر رہی تھی۔ جو اس نے کیا۔ ایک عورت کا عظیم گناہ—— ایک ماں کا عظیم گناہ جو عورت کی تاریخ پر ایک سیاہ دھبہ تھا۔

ان کی خاموشی سادھنا کے پیروں کی آہٹ نے کاٹ دی۔ سادھنا آرتی کی عرضی اور استعفیٰ پوسٹ بیگ سے نکلوا کر لے آئی تھی۔ جب اس نے بھارت کو آرتی کے اتنا قریب دیکھا تو بھونچکی رہ گئی۔ اور گھبرا کر وہ لفافہ آرتی کے سامنے کیا۔

"LETITGo - SADHANA" —— آرتی نے آنسوؤں کو مسکراہٹ سے پیتے ہوئے کہا۔

"کیا؟" —— وہ یکایک بوکھلائی۔

"ہاں سادھنا! میں نے زندگی کا رُخ پھر بدل لیا۔"

"OH. YOO STUPID" —— سادھنا غصے میں کہتی ہوئی لوٹ

گئی جیسے ہی اس کے سینڈل کی ایڑھی کی ٹھک ٹھک کی آواز گم ہوئی سا آرتی نے بھارت کی آنکھوں میں جھانکتے ہوئے پوچھا۔

"تو یہ کملا کہاں تھی؟"

"جیل میں ــــ چودہ برس کے لئے لیکن قسمت نے اس کا ساتھ دیا۔ اور وہ سات برس بعد ہی رہا ہوگئی۔ جب میں نے ٹھکرایا تو بھیک مانگتی ہوئی تمہارے گھر خادمہ ہوگئی۔"

"تب آپ نے بچے اس کے حوالے کیوں کر دیئے؟"

"دوسرا کوئی راستہ نہ تھا۔ ایک طرف محبت۔ دوسری طرف فرض۔ میں نے محبت کے لئے فرض کو ٹھکرا دیا۔ اب میں آزاد ہوں آرتی! جہاں چاہو تم مجھے لے جا سکتی ہو۔ میں گھر ــــ دولت اور بچے سب اس کے حوالے کر آیا ہوں۔ اب میں اپنی محبت کی خاطر کہیں بھی جا سکتا ہوں۔ اب میں وہ زندگی نہ گذار سکوں گا۔"

"کیسی زندگی؟"

"ایک زخمی پرندے کی طرح جس کے پر کٹ چکے ہوں۔ اور وہ پرواز کی طاقت نہ رکھتا ہو۔ میں اب آزاد ہوں۔ مجھے کہیں بھی لے چلو ــــ" وہ ایک نادان بچے کی مانند بلکتے ہوئے بولا ــــ

"تو چلئے" ــــ آرتی جھٹ نشست چھوڑتے ہوئے بولی ــــ

"کہاں؟"

"آپ کے گھر ــــ وہ آہستہ سے بولی ــــ زندگی کے یہ بندھن یوں نہیں توڑے جاتے۔"

"تو کیا ہمیں پھر اسی آگ میں جانا ہوگا؟"

"ایسا نہ کہیئے! وہ ہمارا گھر ہے۔ سکھ اور شانتی کا ایک مندر۔ جسے ہم یوں نہیں چھوڑ سکتے۔"

"یہ تم کیا کہہ رہی ہو؟"

"وہ جو ٹھیک ہے۔ ہم ان بچوں کی ذمہ داری سے کوتاہی نہیں کر سکتے۔ یاد کیجیے۔ آپ نے بھیا سے یہی وعدہ کیا تھا۔"

"اور کملا"

"کملا بھابی بھی اسی مندر میں رہے گی"——— آرتی پختہ ارادہ لئے ہوئے بولی———

"نہیں۔ نہیں۔"

"کیوں نہیں؟——— اس نے گناہ کیا۔ وہ سزا پا چکی۔ اب ہمیں اس کی ڈوبتی زندگی کو سہارا دینا ہوگا۔"

"لیکن میں اس گناہگار کو کبھی معاف نہ کروں گا۔"

"ہم اور آپ کون ہوتے ہیں فیصلہ کرنے والے۔ یہ تو بھگوان کا اپنا حساب ہے۔ اگر وہ اپنے کرم سے گر گئی تھی تو ہمیں انسانی فرض سے گرنے کا کیا حق ہے؟"

بھارت خاموش ہو کر آرتی کے ہمراہ ہو گیا۔ اور دونوں ہوائی اڈے کے باہر آکر موٹر کار میں شہر کی جانب روانہ ہو گئے۔

جب وہ گھر پہنچے۔ تو اندھیرا ہو چکا تھا۔ شمبھو دونوں بچوں کے لئے کوٹھی کے بیرونی پارلر پر بیٹھا ہوا تھا۔ موٹر کار کو اندر آتے دیکھ کر دونوں بچے اچھلے اور ڈیڈی کے ہمراہ آرتی کو دیکھ کر سہم گئے۔ آرتی نے لپک کر دونوں کو اپنے ساتھ چپکا لیا۔

"یہاں بیٹھے کیا کر رہے ہو؟"——— بھارت نے فوراً شمبھو پر سوال

کردیا۔

"آپ لوگوں کا انتظار ـــــ بچے مانتے ہی نہ تھے۔"

"کملا کہاں ہے؟" ـــــ اس نے آہستگی سے پوچھا۔

"چلی گئی"

"کب؟" ـــــ آرتی نے مداخلت کی۔

آپ کے فوراً بعد ـــــ اور یہ رقعہ دے گئی ہے" ـــــ شمبھو نے دھوتی میں بندھا ہوا ایک خط باہر نکالا۔ بھارت نے جلدی سے اُسے کھولا۔ اور پارلر کی روشنی میں پڑھنے لگا۔ لکھا تھا:۔

"وہ ہمیشہ کے لئے ان کی زندگی سے جارہی ہے اس کی سزا سرکار نے تو معاف کردی۔ لیکن بھگوان کے دربار میں ابھی تک وہ گنا ہگار ہے"

بھارت کے بعد رقعہ آرتی نے بھی پڑھا۔ اور بولی ـــــ "ہمیں اس کی تلاش کرنی ہوگی۔"

"کیوں؟"

"کہیں وہ خودکشی نہ کرلے" ـــــ آرتی نے گھبرا کر کہا۔

بھارت چند لمحے تک خاموش رہا۔ اور پھر بچوں کو آرتی کے ہمراہ اس کے گھر بھجوا کر خود کملا کی تلاش میں نکلا۔ اس کملا کی کھوج میں جس کے سائے سے بھی وہ کوسوں دُور بھاگتا تھا۔ جس کا نام سُن کر بھی اس کے دل و دماغ پر برچھیاں چلنے لگتی تھی۔ آج برسوں کے بعد خون کھولا اور وہ بھائی کی تلاش میں دیوانہ وار دلی کی سڑکوں پر موٹر کار دوڑانے لگا۔

وہ شاہدرہ ـــــ اسلم کے گھر اور ایسی تمام جگہوں پر گیا۔ جہاں اس کے مل جانے کا امکان تھا۔ لیکن وہ کہیں نہ ملی۔ اور آخر اسلم کی مدد سے اس

دہلی کے تمام پولیس سٹیشنوں کو خبر کر دی۔

جب وہ گھر لوٹا۔ تو رات کے بارہ بج چکے تھے۔ اس نے پارلر میں کار کو پارک کیا اور تھکا ہارا ڈرائنگ روم میں داخل ہوا۔ آرتی اور آرتی کی ماں اس کی راہ دیکھ رہے تھے۔ بھارت کو افسردہ حالت میں دیکھ کر آرتی کی ماں کرسی سے اٹھی اور انیتا کو ایک طرف کرسی سے اٹھی اور انیتا کو ایک طرف کر دیا۔ جو اس کی گود میں سو رہی تھی۔ انل قالین پر اوندھا سو رہا تھا۔

"کچھ پتہ چلا؟" —— آرتی کی ماں نے فوراً پوچھا۔

"مل گئی" —— ٹوٹی ہوئی آواز میں بھارت نے جواب دیا۔

"کہاں ہے؟" —— آرتی قریب آتے ہی پوچھ بیٹھی۔

— "پولیس سٹیشن"

"کیا وہ بیسر پکڑی گئی؟"

"نہیں۔ بلکہ ہمیشہ کے لئے آزاد ہو گئی۔ اس کا پوسٹ مارٹم ہو رہا ہے"

"کیوں؟" —— آرتی کے حلق سے یہ لفظ چیخ بن کر نکلا۔

"کسی ریل گاڑی کے نیچے آکر کٹ گئی" —— بھارت نے ماں بیٹی سے نظریں بچا لیں۔ اس کی موت کی خبر سُن کر دونوں کی آنکھوں میں آنسو آ ٹھہرے بھارت چُپ چاپ اپنی خواب گاہ میں چلا آیا۔ کمرے کی کھڑکی کھلی تھی۔ دور آ۔ ن پر چھوٹی چھوٹی بدلیاں تیر رہی تھیں۔ اور چاند ان کی اوٹ میں جا چھپا تھا۔ اُسی وقت آرتی نے آکر اس کے شانے پر ہاتھ رکھ دیا۔

"کیا دیکھ رہے ہو؟"

آسمان پر چاند کو۔ جو بدلیوں میں چھپ گیا ہے۔ اور ...... اندھیرا ہو گیا

"تھوڑی دیر میں پھر آئے گا۔ اور اندھیرا اجالے میں تبدیل ہو جائیگا۔"

"ایسا کیوں ہوتا ہے آرتی؟"

"زندگی اسی اندھیرے اُجالے کا کھیل ہے۔ ہر دن کے بعد رات اور رات کے بعد دن آتا ہے ــــــ آؤ اب آرام کریں۔ بچے بنا کچھ کھائے پیئے سو گئے۔"

"گھر پر کھانا نہیں بنا کیا؟"

"نہیں لیکن اب ہر روز بنے گا۔ ہر سویرا آپ کے لئے ایک امید بن کر آئے گا۔ اور ہر رات خوشیاں سمیٹ کر آپ کی جھولی بھر دے گی۔ جانتے ہیں کیوں؟"

"کیوں آرتی؟ ــــــ" اس نے نم آلودہ پلکوں سے گرائے ہوئے آنسوؤں کو ضبط کرتے ہوئے پوچھا۔

"اس لئے کہ اب زندگی کی دوڑ میں آپ اکیلے نہیں ــــــ میں بھی آپ کے ساتھ ہوں۔"

"آرتی!" ــــــ وہ مسکراتے ہوئے آنسوؤں کو نہ روک سکا اور بڑھ کر اس نے آرتی کو سینے سے لگا لیا۔ جذبات اُمڈ پڑے۔ دل کی دھڑکنیں تیز ہو گئیں اور دونوں نے زندگی میں پہلی بار ایک دوسرے کو ایک جان سمجھا۔

دُور آسمان پر بدلیوں کی اوٹ میں سے چاند نکلا۔ اور ہر طرف اُجالا ہو گیا۔ اُجالے کی کرنیں کٹھر کی پھاند کر بھارت کے گھر بھی آ دھمکی تھیں۔ لیکن وہ اس چاندنی سے کہیں اجلی روشنی میں اپنے آپ کو لے جا چکا تھا۔

(ختم شد)

www.ingramcontent.com/pod-product-compliance
Lightning Source LLC
LaVergne TN
LVHW010754051026
849532LV00007B/2367
* 9 7 8 9 3 6 9 0 8 9 1 5 4 *